ro
ro
ro

Judith Liere geboren 1979 in einem hessischen Dorf, studierte Germanistik, Theaterwissenschaft und Italienisch in Marburg, Florenz und Hamburg. Judith mag Musik mit Gitarren und Männer mit Haaren vor den Augen. Darüber und über andere Themen hat sie bereits so einiges in ihrer Kolumne «Judiths Universum» auf SPIEGEL online geschrieben. «Hit-Single» ist ihr erster Roman. Judith Liere lebt in Hamburg und Wien.

Judith Liere

Hit-Single

Roman

Rowohlt Taschenbuch Verlag

Originalausgabe
Veröffentlicht im Rowohlt Taschenbuch Verlag,
Reinbek bei Hamburg, September 2006

Umschlaggestaltung any.way, Cathrin Günther
(Foto: getty images / Burke / Triolo productions)
Satz Dante PostScript (InDesign)
bei Pinkuin Satz und Datentechnik, Berlin
Druck und Bindung Clausen & Bosse, Leck
Printed in Germany
ISBN 13: 978 3 499 24191 8
ISBN 10: 3 499 24191 9

Hit-Single

«Da lag eine Zahnbürste im Briefkasten», sagt Laura.

Ich starre auf die verbogenen rosa Borsten, die meine Mitbewohnerin in der Hand hält, und fange an zu heulen.

Laura schaut mich verwundert an: «Cobra? Ist dir nicht gut? Das ist doch nur eine olle Zahnbürste. Was gibt's denn da zu heulen?»

«Was es da zu heulen gibt?», schluchze ich. «Das ist *meine* olle Zahnbürste! Weißt du, was das heißt? Das heißt, dass es aus ist. Endgültig. Diese Zahnbürste ist ein deutlicheres Zeichen als das Päckchen mit toten Fischen, das der Corleone-Clan nach dem Tod von Luca Brasi bekommen hat.»

«Ich verstehe kein Wort. Was denn für ein Cannelloni-Clan? Sind das Verwandte von dir?» Laura hat mir die Zahnbürste in die Hand gedrückt, und ich sehe ihr an, dass sie gerade daran zweifelt, ob es eine gute Idee war, mich hier einziehen zu lassen. Aber ich habe jetzt andere Sorgen, als mich als tolle neue Mitbewohnerin zu beweisen oder Laura eine Einführung in die Bräuche der Cosa Nostra im Allgemeinen und Mafia-Filme im Speziellen zu geben. Ich gehe in mein Zimmer, knalle die Tür zu, dass der Putz rieselt, setze mich zwischen die Kartons und heule richtig los.

Vor zwei Wochen hat Tim mich verlassen. Leider völlig zu Recht. Ich hab's verbockt. Sechs Jahre Beziehung und die Aussicht auf eine gemeinsame Zukunft, auf ein Haus auf dem Land und einen Familienkombi, in dem wir unsere bildhübschen und hochintelligenten Töchter Stella und Marie zum Klavierunterricht fahren, allmorgendliches gemeinsames Frühstück unter der Kastanie im Garten, zusammen alt werden – all das habe ich hingeschmissen für Sex in einem Fiat Uno auf einem Parkplatz in Florenz. Ziemlich guten Sex, zugegebenermaßen. Na ja, eigentlich war es auch nicht nur einmaliger Sex, sondern eine handfeste sechswöchige Affäre. Dass Tim mir das nicht verzeihen würde, war irgendwie ziemlich klar, auch wenn ich bis eben noch darauf gehofft habe.

Die Trennung verlief kurz und heftig, zumindest für ihn. Ich beichtete, als ich zurück in Hamburg war, schuldbewusst und tränenreich. Tim hingegen blieb äußerlich eiskalt, wie immer, wenn er richtig verletzt ist, sagte, dass er jetzt zu Martin gehen würde und ich drei Tage Zeit hätte, meine Sachen zu packen und mich aus unserer Wohnung zu verpissen. Ja, das Wort hat er gebraucht.

Was blieb mir anderes übrig? Ich war diejenige, die Mist gebaut hatte, also musste ich jetzt auch nach seinen Regeln spielen, wenn es irgendwann mal wieder gut werden sollte zwischen uns.

Ich warf alles, was ich finden konnte und was so aussah, als könnte es mir gehören, in Kartons. Die Scheißzahnbürste hatte ich extra dagelassen – Seite an Seite im Zahnputzbecher neben seiner, so, wie sie jahrelang Seite an Seite im Bad standen, in unserem gemeinsamen Bad, über unserem gemeinsamen Waschbecken, unsere beiden Zahnbürsten. Ich dachte, das würde ihn vielleicht daran erinnern, was er da alles aufgab, für seinen männlichen Stolz, sein verletztes Ego. Eine einzige kurze Affäre in sechs Jahren Beziehung, noch dazu mit jemandem, den ich nie wiedersehen werde, so etwas kann man mit ein bisschen gutem Willen doch verzeihen! Ich habe ihm die Knutscherei damals mit dieser

Kuh aus seinem Philosophie-Seminar doch auch verziehen! Na gut, ich hab mich erst mal mit großem Tamtam inklusive Geschirrwerfen von ihm getrennt. Und aus Rache mit seinem Logik-Tutor geknutscht, dem Schönling, den er so gehasst hat. Aber das wusste er doch nicht. Und eine Woche später stand ich wieder auf der Matte, habe mich für mein Temperament sogar entschuldigt und ihm alles vergeben – ich habe Größe gezeigt.

Ich war mir ziemlich sicher, dass auch Tim nach ein paar Tagen wieder zur Vernunft kommen würde. Zur Vernunft und zurück zu mir. Meine Zahnbürste sollte ihm jeden Abend vor dem Einschlafen und jeden Morgen nach dem Aufwachen – genau dann, wenn der Liebeskummer am schlimmsten ist – schmerzlich vor Augen führen, wie sehr ich ihm fehle. Ich, und unser gemeinsames Zähneputzen. Bei dem wir uns immer gegenseitig Lieder vorgegurgelt haben, die der andere dann erraten musste. Ich gewann meistens, weil Tim eigentlich immer nur «I was made for loving you» von *KISS* gurgelte und bei mir auch nach dem hundertsten Mal nicht «Morgen wird wie heute sein» von *Tocotronic* erkannt hat.

All das sollte ihm meine rosa Zahnbürste vor Augen führen und ihn zur Rückkehr bewegen. Sie sollte ihn dazu bringen, zu mir zu kommen, dieses schiefe Grinsen aufzusetzen, das ich so liebe, und zu mir zu sagen: «Cobra, Süße» – Tim ist überhaupt der einzige Mensch, der mich Süße nennen darf, ohne dass ich aggressiv werde –, «so wie deine Zahnbürste noch einen Platz in unserem Badezimmer hat, so hast du auch noch immer einen Platz in meinem Herzen. Bitte komm zurück nach Hause.»

So, oder zumindest so ähnlich, sollte das eigentlich ablaufen, mit unserer Wiedervereinigung. Nach zehn Tagen wurde ich langsam nervös, weil er sich noch nicht gemeldet hatte. Nach elf hysterisch, nach zwölf verzweifelt. Und am vierzehnten Tag, als ich sowieso schon glaube, sterben zu müssen, schmeißt er mir eiskalt meine Zahnbürste, das Symbol unserer Liebe, unkommentiert in den Briefkasten meiner neuen WG. Das hätte ich nie von ihm gedacht. Niemals. Wie kann er nur so herzlos sein? Wie kann er mir das antun? Mein Leben ist vorbei, ich stehe vor dem Nichts, einer ungewissen Zukunft. Und das mit sechsundzwanzig Jahren.

Die nächsten drei Stunden verbringe ich damit, zwischen meinen unausgepackten Kartons zu sitzen und tränenblind auf das Foto aus unserem letzten Sizilien-Urlaub zu starren. Das, auf dem wir beide vor dem Gaskocher auf dem Campingplatz bei Taormina sitzen. Ach, Tim. Wie soll das denn werden, ohne dich?

Ich hätte wahrscheinlich noch bis zum nächsten Tag so dagesessen und vor mich hin gestarrt, doch dann klopft es an meiner Zimmertür.

«Cobra? Hey. Was ist denn nun los? Magst du nicht darüber reden? Reden hilft manchmal. Komm doch in die Küche, ich hab Tee gemacht.» Laura blinzelt durch den Türspalt und schaut neugierig-mitleidig.

Puh. Das kann ja heiter werden hier. Laura und ich studieren zusammen Italienisch, kennen uns aber sonst nicht wirklich gut. Nachdem Tim mich aus der Wohnung geworfen hat, bin ich erst mal in den Bully gezogen, weil ich nicht wusste, wohin. Eine Woche hab ich in dem alten VW-Bus gewohnt, hinter dem Uni-Campus. Das funktionierte auch ganz gut, aber als Laura das nach einem gemeinsamen Seminar zufällig mitbekam, schleifte sie mich kurzerhand zu sich in die WG, da sei sowieso gerade spontan ein Zimmer frei geworden, und überhaupt ginge das ja alles so nicht weiter und ich würde noch verkommen oder Schlimmeres. Sie hat diese furchtbar bestimmt-besorgte Art, die keinen Widerspruch duldet, genau wie meine Mutter. «Du isst das jetzt, Kind, das tut dir gut!» Da habe ich mich auch nie getraut zu widersprechen. Und so, wie ich früher brav meinen Mangold aufgegessen habe, wohne ich nun brav in Lauras WG. Es sollte ja nur vorübergehend sein, bis Tim mir verziehen hatte. Deshalb habe ich die Kartons auch gar nicht erst ausgepackt.

«Cobra! Komm. Der Tee wird kalt.»

Laura gehört offensichtlich zu *der* Gruppe von Menschen, die meinen, alle Probleme der Welt ließen sich lösen, wenn man nur eine Tasse Tee dazu trinkt.

Mit hängenden Schultern tapse ich hinter ihr her in die Küche und lasse mir Roibuschtee Vanille in eine Janosch-Tasse gießen. O Gott, wie habe ich das immer gehasst. Das ist *genau* der Grund, warum ich nie in eine WG ziehen wollte: gemeinsames Teetrinken in der mit Schwammtechnik orange angemalten Küche. Und nun bin ich genau hier gelandet. Danke, Tim.

«Jetzt erzähl mal. Und erklär mir bitte das mit den Cannelloni und den Fischen.»

Willkommen in der Studenten-WG-Hölle. Am Küchentisch über Probleme reden, das macht man wahrscheinlich so, als Mitbewohner. Ich weiß genau, wie die Anzeige für das freie Zimmer ausgesehen hätte, die sie aufgegeben hätten, wenn Laura nicht mich, das arme Mädchen vom Uni-Parkplatz, eingesammelt hätte:

Schanzen-WG sucht vierte/n Mitbewohner/in für 18-qm-Altbau-Zimmer. Wir sind: eher Familie als Zweck-Gemeinschaft, eher ökologisch als ökonomisch, eher spaßig als spießig. Wenn du älter als 20 bist und WG-Erfahrung hast, dann schreib uns eine Mail, in der du dich kurz vorstellst. Wir melden uns dann ggf.

Ich bin sicher, die Leute hätten ihnen die Bude eingerannt – überraschend viele Studenten, besonders Geisteswissenschaftler, scheinen genau so wohnen zu wollen. Aber die Lage ist ja auch ziemlich nett, mitten im Schanzenviertel, Schulterblatt, da, wo alle hinwollen. Und das Zimmer ist wirklich schön – fünfter Stock, weit genug weg von der Milchkaffee trinkenden Meute unten auf dem Bürgersteig, mit einem tollen Blick über Hamburgs Dächer. Tim und ich hatten eine Genossenschafts-Wohnung in einem Eimsbüttler Backsteinbau. Extrem uncool. Aber sie war gemütlich – ein richtiges kleines Nest, unser Zuhause eben. Ach verdammt, bei der Erinnerung an gemeinsame Abende auf unserem Sofa kommen mir schon wieder die Tränen.

«Cobra! Die Cannelloni-Geschichte!» Laura reißt mich aus meinen Gedanken. Langsam muss ich wohl wirklich eine Erklärung liefern. Ich atme tief durch.

«Also gut. In ‹Der Pate›, Teil eins, kriegen die Corleones von der Sollozzo-Familie ein Paket mit toten Fischen und der kugelsicheren Weste von Luca Brasi. Das bedeutet, dass sie ihn umgebracht haben. Er schläft jetzt bei den Fischen. Capisci?»

Sie sieht nicht aus, als hätte sie es verstanden. Sieben Semester Italienisch-Studium, und alles, was bei Laura hängen geblieben ist, sind der Aufbau von Dantes *Göttlicher Komödie* und das Versmaß der Petrarca-Sonette. Von Landeskunde hat sie keine Ahnung.

«Aha. Und die Zahnbürste, die du bekommen hast, bedeutet dann was?»

«Dass Tim mich nicht mehr zurückwill. Ist doch eindeutig.»

«Warum hat er eigentlich Schluss gemacht? Hat er eine andere? Der Mistkerl. Oder Torschlusspanik? Soll es ja auch oft geben. Männer in seinem Alter kriegen bei festen Bindungen manchmal so einen schwachsinnigen Freiheitskoller. Dazu gab es neulich einen interessanten Artikel in der …»

Ich unterbreche sie. «Ich hab ihn betrogen. Mit einem Italiener namens Matteo. Bei meinem letzten Sprachkurs.»

«Oha.» Laura macht eine bedeutungsschwangere Pause.

«Ja dann …»

Pause.

«Ja dann …»

Pause, Luftholen.

«Ja dann … dürftest du dich ja eigentlich auch gar nicht beschweren.»

Auf diesen Satz habe ich gewartet. Klar hat sie Recht, aber so etwas kann und will ich jetzt einfach nicht hören. Ich brauche jemanden, der Verständnis hat. Und niemanden, der in meiner Situation auf mich einprügelt. Es ist doch wohl nachvollziehbar, dass ich eigentlich gar nicht anders *konnte*, als Matteos dunklen Augen zu erliegen, und dass das *gar nichts* mit Tim zu tun hatte und dass er mir das deshalb auch unbedingt verzeihen *muss*. Und wird. Dass unserer Beziehung meine Affäre eigentlich auch eher gut tut, als dass sie ihr schadet, weil sie mir vor Augen geführt hat, was ich wirklich will. Weil ich doch jetzt verstanden habe, dass mir romantische Liebesschwüre auf Italienisch, nächtliche Fahrten hinten auf seiner Vespa und aufregender Sex im Fiat seiner Mutter bei Musik von Vasco Rossi nicht die Geborgenheit ersetzen, die ich bei Tim gefunden habe. Okay, ich habe das sechs Wochen lang ausprobieren müssen, bis ich darauf kam. Aber besser spät als nie, oder nicht?

«Hm. Du weißt doch, wie das ist, Laura. Du bist doch jetzt auch schon länger mit dem Ulf zusammen. Da sehnt man sich dann doch auch manchmal nach ein bisschen Aufregung und Abwechslung – und außerdem hatte ich Tim schon fast zwei Monate nicht mehr gesehen, als das mit Matteo losging. Ich war da einfach anfällig! Das kann doch mal passieren!»

«Vor mir musst du dich nicht rechtfertigen.»

Nee, und deshalb guckt sie mich auch an, als hätte ich ein Attentat auf Kofi Annan geplant und durchgeführt.

«Es klingt ein bisschen, als würdest du versuchen, dir schönzureden, was du da getan hast. Ich bin seit vier Jahren mit dem Ulf zusammen und, nein, ich kenne das nicht. Mir reicht mein Freund, ich muss mich nicht nach anderen umgucken. Und wenn ich das Bedürfnis danach hätte, dann wüsste ich, dass in unserer Beziehung etwas nicht in Ordnung wäre. Fremdgehen ‹passiert› nicht einfach so, Cobra. Du hast dich dafür entschieden. Und jetzt musst du eben auch die Konsequenzen tragen.»

Na toll. Ich wohne mit Pastor Jürgen Fliege zusammen. Moralischer geht's ja gar nicht. Wild gewordene Hormone und der Charme heißblütiger Italiener können Miss «Ich hab mich jederzeit unter Kontrolle»-Laura wahrscheinlich wirklich nichts anhaben. Kann mir nicht mal jemand erzählen, dass das ganz normal war? «Liebe Cobra, ich versteh dich so gut. Ich hätte auch nicht anders gekonnt. Und Tim *muss* einfach damit klarkommen.» Das würde Hannah jetzt sicher sagen. Aber die ist ja seit vier Wochen in Australien unterwegs und vergnügt sich in diesem Moment mit braun gebrannten Surfern in Byron Bay. Ausgerechnet jetzt, wo ich sie dringend brauche, macht meine beste Freundin eine Weltreise und ist nicht erreichbar.

Laura guckt immer noch vorwurfsvoll. Mir ist danach, sie anzufauchen, ihr an den Kopf zu knallen, dass sie ja keine Ahnung habe, weil sie im Gegensatz zu mir ein durch und durch leidenschaftsloser Mensch sei, ohne Sinn für das gute wilde Leben, das läge ja auf der Hand, sonst würde sie es mit einem Langweiler wie dem Ulf ja überhaupt nicht aushalten. Aber das sage ich natürlich nicht. Stattdessen grummele ich ein bisschen vor mich hin und rühre mit dem Löffel sinnlos in der leeren Teetasse.

«Hm. Was soll ich denn jetzt bloß tun?»

«Dich damit abfinden. Einen Nachsendeantrag stellen. Mir die Miete für nächsten Monat überweisen. Und vielleicht endlich mal deine Kartons auspacken.»

Wenn Rio Reiser Recht hat, muss ich jetzt nur noch knapp neun Wochen warten, bis alles wieder gut ist. Dann sind die zweitausend Stunden Trinken, Rauchen, Fluchen und Beten vorbei, bye-bye, Junimond. Aber wie ich das noch neun Wochen überleben soll, ist mir ein Rätsel. Rio Reiser ist ja selber nicht wirklich alt geworden. Todesursache: innere Blutungen. Wenn ich so weitermache, ereilt mich das sicher auch noch. Und im *Abendblatt* steht dann: «Hamburg. Die 26-jährige Studentin Cornelia Brandt wurde gestern Morgen tot in ihrer Wohngemeinschaft im Schanzenviertel aufgefunden. Sie starb an starken inneren Blutungen, verursacht durch ein gebrochenes Herz.»

Das würde Tim dann lesen, und dann würde es ihm Leid tun. Aber dann wäre es zu spät. Und wir hätten beide nichts mehr davon. Hm. Sterben ist also auch keine Lösung.

Die letzte Woche war schlimm. Die ersten Tage bin ich ziellos durch die Stadt gelaufen, alles erschien vollkommen sinnlos ohne Tim. Jede Straße, jede Ecke ist verbunden mit einer gemeinsamen Episode und führt mir schmerzlich vor Augen, dass er nicht mehr da ist. Und Hamburg scheint mit mir zu weinen, Nieselregen ununterbrochen, vier Tage am Stück, und das im Juni. Alles versinkt in einer grauen Tristesse, die Menschen laufen mit gesenkten Köpfen umher, eine einzige große Trauergemeinde. Alleine laufe ich über den *Dom*, Hamburgs Vergnügungspark, an Ständen mit Zuckerwatte und Lebkuchenherzen und an Achterbahnen vorbei. An der Geisterbahn hängt ein Schild: «Junger Mann zum Mitreisen gesucht». Ja, das Problem kenne ich auch, dieses Schild könnte ich mir an mein Herz hängen.

Schlimm ist es auch unten an der Elbe, an der *Strandperle*. Wie oft saß ich mit Tim hier vor diesem kleinen Kiosk, die Füße im Sand vergraben, den Blick auf die großen Containerschiffe aus fernen, fremden Häfen, die immer ein bisschen Sehnsucht nach der weiten Welt wecken.

Irgendwann bin ich leer geweint und habe alle Orte abgelaufen. Einen Tag lang sitze ich wie betäubt zu Hause und starre vor mich hin, dann nehme ich mir Lauras Ermahnung zu Herzen und packe meine Kartons aus. Ich fahre sogar zu IKEA und kaufe mir ein Bett namens HAGALI. Ich finde, das klingt irgendwie fröhlich, nach Halligalli und besseren Zeiten. Mein – unser – altes Bett hat Tim.

Besser geht es mir durch Auspacken und Bettkaufen allerdings nicht. Ständig kommen Erinnerungsluftballons in mir hoch und bleiben mir im Hals stecken. Sogar der blöde IKEA-Hot-Dog schmeckt irgendwie nach Tim und gemeinsamem Teelichter- und Tagesdeckenkaufen.

Das neue Zimmer hilft auch nicht weiter. Meine Mitbewohner sind mir alle ein bisschen unheimlich. Laura läuft immer noch mit ihrem strafenden «Selbst dran schuld, Fremdgeherin!»-Blick an mir vorbei, jedenfalls kommt es mir so vor. Außerdem ist sie sowieso die meiste Zeit mit dem Ulf beschäftigt, der wohnt zwar nicht hier, ist aber trotzdem rund um die Uhr da. Ich dachte ja immer, dass Tim und ich ein schlimmes Klischeepärchen gewesen wären, aber Laura und der Ulf sind noch schlimmer als meine Eltern. Sie machen eigentlich nichts anderes, als den ganzen Tag zusammen Tee zu trinken, fernzusehen oder zu kochen. Dabei tragen sie Freizeitkleidung, sprich: Jogginghosen. Diese Blöße hätte ich mir vor Tim nie gegeben. Er hat mich ein einziges Mal in Jogginghosen gesehen, und das war, als ich mir bei meinem ersten und letzten Versuch zu rollerbladen den Knöchel gebrochen hatte und keine andere Hose über den Gips passte.

Laura und der Ulf finden das allerdings bequem. Es würde mich nicht wundern, wenn sie auch noch gleichzeitig das Bad benutzen, sie sitzt auf dem Klo und pinkelt, während er sich die Zähne mit Zahnseide reinigt. Huah. Beim Gedanken daran bekomme ich eine Gänsehaut. Ein bisschen Privatsphäre muss man doch auch als Paar voreinander wahren, sonst verliert man ganz schnell den Respekt und redet sich irgendwann mit «Mutti» und «Vatti» an.

Vom Rest meiner WG habe ich bisher nicht viel mitbekommen. Pekka, der in dem großen Zimmer vorne wohnt, ist noch ein paar Tage in Finnland bei seiner Mutter. Und Claas, den Jurastudenten kurz vor dem Examen, kriege ich so gut wie nie zu Gesicht. Laura meint, er müsse zurzeit viel lernen, aber die süßlichen Rauchschwaden, die unter seiner Tür hindurch in den Flur ziehen, lassen eher auf eine etwas, hm, entspanntere Beschäftigung schließen.

Vielleicht sollte ich es auch einfach mit Drogen versuchen. Mich wegknallen, um nicht mehr dauernd an Tim denken zu müssen. Leider haben meine bisherigen Experimente nie den erwünschten Effekt gehabt. Von meiner ersten Ecstasy-Pille mit sechzehn bekam ich entsetzliches Herzrasen; sicher doppelt so viele Beats per minute wie die Musik, die damals in dem Club lief. Vom Kiffen werde ich einfach nur müde und kriege Hunger. Koks kann ja kein Mensch bezahlen. Und an LSD und anderes psychedelische Zeug habe ich mich gar nicht erst rangewagt – zu abschreckend war das, was mir meine Freunde von ihren Trips berichtet hatten. Wände, die sich auf einen zubewegen – tss, und das mit meiner Klaustrophobie, danke nein.

Da bleibe ich doch lieber bei meinem bewährten Seelentröster: Rotwein und heißer Kakao. Immer ein Schluck abwechselnd. Hat den Vorteil, dass es kurzzeitig betäubt, und den fiesen Nachteil, dass ich spätestens nach vier Gläsern Wein furchtbar melancholisch und sentimental werde. Es ist nur eine Frage der Zeit, bis ich in so einem Zustand das erste Mal zum Handy greifen werde, um Tim anzuflehen, er möge doch, bitte, bitte, zurückkommen. Bis jetzt konnte ich mir mein letztes bisschen Würde zum Glück noch wahren – vorsichtshalber schalte ich das Handy immer aus, bevor ich die Flasche entkorke. Das funktioniert todsicher, denn betrunken kann ich mich an keinen einzigen Pincode erinnern.

Stattdessen habe ich sehr lange und sehr kummervolle E-Mails an Hannah geschrieben, die sich im Großen und Ganzen darum drehten, dass mein Leben ohne Sinn und Gehalt sei, ich mich nie wieder verlieben könne und mich überhaupt die ganze Welt um mich herum anekle. Vier Stück davon habe ich gestern Nacht verfasst. Das war mir heute Morgen ziemlich unangenehm.

Hannah schreibt zurück: «Cobra-Baby, nur ganz kurz, sitze gerade in einem Internetcafé und hab nur zehn Minuten Onlinezeit. Tim ist ein Idiot, wenn er dich wegen so einer Lappalie verlässt. Du solltest ihm keine Träne nachweinen. Komm doch einfach nach! Australien ist sooooo toll, das bringt dich bestimmt auf andere Gedanken. Muss jetzt los, Jean-Luc (total niedlicher Franzose, den ich gestern im Hostel kennen gelernt habe) wartet, er will mir zeigen, wie man auf dem Longboard surft. ;–)! 1000 Küsse, Hannah. PS: Kopf hoch!»

Im Attachment ist ein Foto von ihr am Strand, braun gebrannt, die blonden Haare von der Sonne noch mehr ausgebleicht, ein breites Grinsen im Gesicht.

Na toll. Selten so eine einfühlsame und verständnisvolle E-Mail bekommen. Nachkommen, pfff. Mein Kontostand ist bei etwa 18 Euro für den Rest des Monats, das würde noch nicht mal für einen Bikini reichen, um darin nach Australien zu *schwimmen*.

Statt Urlaub zu machen, sollte ich mich besser um einen Job kümmern. Das WG-Zimmer ist wesentlich teurer als mein Mietanteil an der gemeinsamen Wohnung mit Tim. Irgendwie muss ich das finanzieren. Und das Letzte, was ich will, ist meine Eltern anrufen und um mehr Geld bitten. Die wissen bisher noch gar nichts von der Trennung, und das ist auch ganz gut so. Die Ratschläge und Vorwürfe meiner Mutter werde ich mir noch früh genug anhören müssen.

Ich gehe in die Küche, um im Stadtmagazin nach Stellenanzeigen zu suchen. Außerdem habe ich Hunger und Lust auf Tiefkühl-Lasagne. Eigentlich dürfte ich so etwas der Familienehre wegen gar nicht essen – immerhin habe ich einen echt italienischen Großvater. Und mein Nonno würde die Hände über dem Kopf zusammenschlagen, wenn er wüsste, was seine Enkelin freiwillig zu sich nimmt. «Bambina mia, das ist Müll, das ist Abfall, das ist Verrat an der kulinarischen Tradition deiner Vorfahren!», würde er rufen. Dabei hat gerade er gar kein Recht, sich zu beschweren – seit fünfzig Jahren lebt er schon mit meiner Oma an der Nordsee und hat wahrscheinlich mittlerweile mehr widerlichen Grünkohl mit Pinkel intus als Spaghetti Napoli.

Während meine Lasagne in ihrer Pappschachtel im Ofen auf Vollendung wartet und ich lustlos die Kleinanzeigen durchblättere, kommt Claas in die Küche.

«Ey, Cobra, was geht'n», murmelt er.

«Och, ich hab Hunger und warte auf meine Lasagne. Außerdem suche ich nach einem Job. Ich kann sonst die Miete hier nicht bezahlen.»

Claas wirkt nicht so, als würde er mir zuhören. Er sieht ziemlich fertig aus.

«Ja, krass, Mann. Scheiß Kohle immer. Ich hab letztes Jahr bei so 'ner Promo-Agentur gejobbt. Die zahlen ganz gut, und das war eigentlich ganz chillig so. Haben wir noch Toast? Ich hab gerade voll Bock auf Toast. So mit Käse und Salami.»

Ich hatte bisher immer ein ganz anderes Bild von Jura-Studenten. In meiner Vorstellung tragen die eher Polohemden mit aufgestellten Kragen, die Mädels hellblau und die Jungs rosa, und dazu Ray-Ban-Sonnenbrille, wenn sie im offenen BMW hoch nach Sylt fahren.

«Toast ist dahinten im Regal. Hast du eigentlich ein Auto?»

«Ich? Nee. Ich hab mein Board, das kickt mehr als jede Karre.» Claas zeigt auf sein Skateboard, das im Flur unter der Garderobe steht. Währenddessen isst er innerhalb kürzester Zeit vier Scheiben ungetoasteten Käse-Salami-Toast.

«Warum studierst du eigentlich Jura?»

«Weil ich Karriere machen will, Mann. Außerdem ist Jura gar nicht so langweilig, wie's klingt, gibt echt abgefahrene Fälle und Urteile. Ich hab erst mit Politik und Soziologie angefangen, aber da hingen mir irgendwie viel zu viele Luschen rum. Typen, die den ganzen Tag nur Dope rauchen und nix auf die Reihe kriegen. Das hat mich angenervt.»

Ich versuche mir den Typen, der in Boxershorts und St.-Pauli-Shirt vor mir sitzt und mittlerweile sieben Scheiben Toast verdrückt hat, in Anzug oder Robe in einem Gerichtssaal vorzustellen. Es klappt nicht ganz.

Die Eieruhr klingelt, meine Lasagne ist fertig.

«Boah, riecht ja voll lecker, was du da hast. Ich hab auch irgendwie immer noch Hunger. Ich glaub, ich mach mir noch 'n Toast.» Er macht die Packung leer.

«Hast du die Nummer von dieser Agentur eigentlich

noch? Ich brauche wirklich dringend was», frage ich nach, während ich darauf warte, dass der Lasagnehappen auf meiner Gabel auf eine mundgerechte Temperatur abkühlt.

«Was denn für eine Agentur? Und was brauchst du dringend? Gras? Ich hab noch was da, könnte dir bis morgen aushelfen. Ansonsten ruf doch mal Stefan an, der besorgt dir sicher was.»

«Claas! Die Promo-Agentur, für die du mal gearbeitet hast! Ich brauche einen Job. Ich muss Geld verdienen. Capisci?»

«Ach so, krass. Ja, scheiß Kohle immer. Die waren da aber eigentlich ganz chillig drauf. Warte, ich hab die noch in meinem Handy gespeichert.»

Er schlurft in sein Zimmer, um sein Telefon zu suchen, dabei verspeist er den letzten Bissen Käse-Salami-Toast.

«Haste was zu schreiben?», brüllt er mir zu, und ich notiere die Nummer der chilligen Agentur auf dem Deckel meiner Lasagne-Packung.

Dort anrufen werde ich heute aber auf keinen Fall mehr. Mir fehlt gerade die Kraft dazu, mich bei einer jungen und hippen Agentur am Telefon als peppige und motivierte, arbeitswillige Studentin auszugeben.

Heute mag ich mich einfach nur noch unter der Bettdecke vergraben und mir alle drei Teile des «Paten» ansehen. Ich kann sie zwar schon beinahe auswendig, aber Mafia-Filme haben mich schon immer fasziniert. Da herrschen noch klare Regeln und Abmachungen, da geht es um gegenseitige Fairness und Loyalität. Umgebracht werden immer nur die, die sich nicht an den Ehrenkodex halten und damit das System und die Ordnung stören. Na ja, theoretisch zumindest. Das mag zwar drastisch sein, aber irgendwie ist es auch gerecht. Und man kann das ja auch im übertragenen Sinne verstehen und muss nicht gleich wie die Männer der Cosa Nostra zur Lupara, zur abgesägten Schrotflinte, greifen.

Außerdem spielt mein Nonno in «Der Pate», Teil eins, mit. Zwar nur ganz kurz und ohne Text, aber immerhin. Er ist in einem hellgrauen Anzug als Gast auf der großen Hochzeitsfeier gleich am Anfang zu sehen – weil sein Cousin zweiten Grades der Schwager eines Beleuchters ist. Meine Oma war so stolz auf ihn. Seitdem ist Coppolas Familiensaga bei uns Familientradition geworden. Und ich fand mit zwölf nicht wie meine Freundinnen den tuffhaarigen Patrick Swayze aus «Dirty Dancing» toll, sondern war in den jungen Al Pacino verliebt. Vielleicht war ich auch deshalb so anfällig für Matteo. Ein bisschen ähnlich sah er ihm schon. Und Pacino hat in seiner Rolle als Don Michael Corleone ja auch viel Leid über seine Familie gebracht. Eigentlich hätte ich es wissen müssen. Rumgrübeln bringt jetzt allerdings auch nichts mehr. Ob ich mit italienischem Rotwein wohl die Gedanken an italienische Männer aus meinem Kopf vertreiben kann? Einen Versuch wär's wert.

Alle drei Teile habe ich dann gestern doch nicht mehr geschafft, irgendwo am Ende von Teil zwei muss ich wohl eingeschlafen sein. Mein Rotwein-und-Kakao-Sedativum hat wieder zuverlässig gewirkt, ich habe nämlich außerdem meine Lieblingsvorlesung verschlafen. Und zwar in voller Länge, es hätte sich nicht einmal mehr gelohnt, fluchend aus dem Bett zu springen, mir dabei den Zeh an der Kommode zu stoßen, mir im Bad schnell Wasser ins Gesicht zu spritzen und die Zähne zu putzen und dann in einem Rekordtempo, alle Verkehrsregeln missachtend, auf dem Rad zur Uni zu rasen, um mich schließlich mit hochrotem Kopf keuchend in einen überfüllten Seminarraum zu quetschen, während der Prof mich böse anschaut. So sieht normalerweise mein Uni-Alltag aus. Ich komme immer zu spät, sogar bei den Abend-Vorlesungen, da kann ich machen, was ich will. Selbst wenn ich ausnahmsweise einmal pünktlich aus dem Haus gehe, kommt mir garantiert ein platter Reifen oder eine Begegnung mit irgendeiner Bekannten dazwischen. Es ist wie verhext. Ich habe schon alle meine Uhren fünf Minuten vorgestellt, weil ich dachte, ich könnte mich dadurch selbst austricksen, aber seitdem komme ich eher noch später, weil ich immer im Hinterkopf habe, dass meine Uhr ja sowieso vorgeht. Nicht besonders effektiv also, mein Trick.

Bis jetzt konnte ich mich trotz zahlloser verpasster Seminare ganz gut durch die Uni mogeln. Meistens sogar noch mit guten Noten. Aber dass ich die Vorlesung heute verschlafen habe, ärgert mich wirklich. Nicht, weil mich das Thema so interessiert – «Vom ‹poema cavalleresco› über das ‹poema eroico› zum ‹poema eroicomico›», eigentlich kapiere ich nicht einmal den Titel der Veranstaltung –, sondern weil ich den Dozenten so gerne mag. Prof. Dr. Stefan Posch hat seit einem Semester einen Lehrauftrag an unserer Uni und ist eine richtige «Schnitte», wie meine Freundin Hannah sagen würde. Na ja, zumindest im Vergleich zu den Mumien, die da sonst unterrichten. Stefan hingegen ist höchstens Ende vierzig, und ich finde ihn irgendwie charmant, wie er da vorne am Pult sitzt, meistens im Pullunder und mit seiner kleinen runden Brille auf der Nase. Er ist auf eine sehr niedliche Art und Weise vollkommen hilflos, was technische Geräte angeht, und da ich ja immer zu spät komme und dann nur noch die Plätze in der ersten Reihe frei sind, wo nie jemand sitzen will, muss ich ihm immer am Overhead-Projektor assistieren. In seinem langen universitären Werdegang hat er nämlich noch immer nicht begriffen, wie man die Folien auflegt. «Frau Brandt, wenn ich Sie nicht hätte», hat er neulich vor dem versammelten Seminar zu mir gesagt. Ich bin ganz rot geworden.

Aber heute muss Stefan Posch ohne mein Technik-Genie auskommen. So habe ich wenigstens Zeit, endlich mein Referat für Freitag vorzubereiten. Seit Tim mich verlassen hat, habe ich die Uni sehr vernachlässigt. So wird das nie was mit meinem Magister.

Seit drei Semestern fehlt mir ein einziger, blöder Schein. Immer, wenn ich ihn machen will, kommt mir irgendwas dazwischen. Meistens meine eigene Faulheit. Ich bin die Königin der Aufschiebetaktik. Sobald ich mich an mein Laptop setze, um endlich diese verdammte Hausarbeit anzufangen, merke ich, dass ich vorher dringend noch mein Zimmer aufräumen sollte, weil ich mich in dieser Unordnung sowieso nicht konzentrieren könnte. Das Aufräumen dauert meistens drei bis vier Stunden, weil dazu natürlich zwingenderweise auch die Neusystematisierung meines CD-Regals gehört. Danach bin ich dann so erschöpft, dass ich erst einmal eine Pause machen muss, und außerdem habe ich für diesen Tag ja auch genug geleistet. Und am nächsten Tag fällt mir dann ein, dass ich mich unmöglich auf meine Hausarbeit konzentrieren kann, wenn ich nicht vorher die Fenster geputzt, das Altglas entsorgt und hinter dem Kühlschrank gewischt habe. Nie war meine Wohnung sauberer als in der Zeit, in der ich mich auf meine Zwischenprüfung vorbereitet habe. Als ich irgendwann nichts mehr zum Putzen gefunden habe und der Plan, das Parkett abzuschleifen und alle Zimmer neu zu tapezieren, an Tims Protesten scheiterte, blieb mir schließlich nichts anderes mehr übrig, als mich an den Laptop zu setzen, voller Hoffnung, damit sei der entscheidende Schritt zu mehr Fleiß getan. Aber Pustekuchen. Ich entdeckte nämlich meine Leidenschaft für ein auf den ersten Blick harmloses Computerspielchen namens Solitär. Stundenlang starrte ich auf den Bildschirm und schob rote Karten auf schwarze Karten und schwarze Karten auf rote. Es war eine Sucht. Nach vierzehn Tagen bekam dann Tim Wind davon, was ich da eigentlich tat, wenn ich vorgab, zu arbeiten, und hat das Spiel knallhart gelöscht. Ich war so schockiert, dass ich nicht einmal schreien konnte, und habe daraufhin fast eine ganze Woche nicht mit ihm geredet. Dann waren meine Entzugserscheinungen weg, und ich war ihm dankbar, dass er mich davon losgebracht hatte. Puh. Das hätte böse enden können. Ich bin heute noch der festen Überzeugung, dass dieses Spiel von Microsoft im Auftrag der Bildungsministerien der Länder entwickelt wurde. Kurz bevor dann offiziell die Langzeitstudiengebühren eingeführt wurden. Sonst wäre es doch schon längst unter das Betäubungsmittelgesetz gefallen!

Aber mittlerweile bin ich ja zum Glück von der Sache runter. Momentan hält mich nur mein Liebeskummer vom Lernen ab. Allerdings sind die Entzugserscheinungen der Droge Tim tausendmal schlimmer als die des doofen Kartenspiels. Ob ich es jetzt auch auf die harte Tour schaffe? Momentan würde ich eher alles für einen Becher Liebesmethadon geben. Aber der ist nicht in Sicht, also muss ich mich mit Kaffee begnügen, um meinen Home-Office-Tag heute zu überstehen und dieses Referat endlich anzufangen.

Verdammt! Auf dem Weg zur Kaffeemaschine falle ich rrrums über einen Metallkoffer, der mitten im Flur steht.

«Scheiße, Scheiße, Scheiße, was ist das denn?», brülle ich, hüpfe auf einem Bein auf und ab und halte mir meine sicher kompliziert und mehrfach gebrochenen Zehen, als plötzlich der schönste Mann der Welt vor mir steht. Groß, muskulös, tätowierte Unterarme, dunkle Haare und so knallblaue Augen, dass sie den düsteren Flur zu erhellen scheinen – o mein Gott! Es ist der Barkeeper aus der *Python Bar*, der Mann, den meine Freundin Hannah und ich jeden zweiten Freitag bei unseren Kieztouren vom Tresen aus anhimmeln, genau wie schätzungsweise fünfzigtausend andere Hamburger Frauen zwischen zwanzig und vierzig.

«Was machst du denn hier?», fragen wir beide gleichzeitig, ich vor Schmerz und Entzückung total perplex, während er eher belustigt klingt und mich anschaut, als wäre ich ein seltsames Tier oder irgend so etwas.

«Ich wohne hier!» Schon wieder antworten wir im Chor.

«Ach, dann bist du …» Wenn wir noch ein kleines bisschen üben, können wir sicher bald mit den Regensburger Domspatzen auftreten.

Ich lasse meinen Fuß los und strecke ihm meine Hand entgegen. «Ich bin Cobra, eine Kommilitonin von Laura. Ich wohne seit drei Wochen hier, weil …»

«Ja, ich weiß schon», unterbricht er mich. «Laura hat mir eine Mail nach Finnland geschrieben. Du bist die Frau, die auf dem Uniparkplatz vor sich hin vegetierte, bis sie dich gerettet hat. Du hast die Beziehung zu deinem netten und verlässlichen Freund für eine Affäre mit einem windigen Italiener in den Sand gesetzt und bist nun vollkommen am Ende, hockst in deiner Bude und bemitleidest dich selbst.»

«Das hat sie dir –» Ich schnappe nach Luft. «Das hat Laura dir einfach so geschrieben? Das kann man doch so pauschal alles gar nicht …»

«Schon okay.» Er grinst. «Ich kenne Laura ja mittlerweile auch ganz gut. Und ihre hohen moralischen Ansprüche kenn ich auch. Keine Angst, sie meint das nicht böse. Sie will halt immer nur allen Leuten helfen und sie auf den richtigen Weg zurückbringen. Was glaubst du, was ich mir schon alles anhören musste!» Er lacht und greift nach meiner Hand, die ich ihm schon die ganze Zeit wie erstarrt hinhalte.

«Ich bin Pekka. Und ich freue mich, endlich unser neues WG-Mitglied kennen zu lernen. Sorry wegen des Koffers, da ist mein Akkordeon drin. Magst du auch einen Kaffee?»

Hossa, ja!, denke ich. «Äh, klar, warum nicht», sage ich.

Während wir bei Espresso in der Küche sitzen, muss ich die ganze Zeit daran denken, wie toll es wäre, wenn Hannah mich jetzt sehen könnte. Ich wohne mit dem *Python*-Barkeeper zusammen, der coolsten Tresenkraft Hamburgs, da wird sie grün vor Neid werden, wenn ich ihr das erzähle, das schlägt ihren doofen französischen Byron-Bay-Surfer um Längen.

«Du hast ein Akkordeon? Was machst du denn damit?», frage ich Pekka, weil mich mein schmerzender Fuß wieder an den Zusammenstoß mit dem Koffer erinnert.

«Na, was wohl! Spielen. Ich bin in Finnland in einer Tangoband, wir heißen *Tangopojat*. In Seinäjoki war gerade wieder das alljährliche Tangofestival, hast du da noch nie was von gehört? Es war toll. Wir hatten mit unserer Band auch einen kleinen Auftritt, ein voller Erfolg. Vielleicht kriegen wir demnächst sogar einen Plattenvertrag.»

«Äh, ehrlich gesagt wusste ich nicht einmal, dass man in Finnland Tango mag. Ich dachte immer, das wären eher die Argentinier ...»

«Ja, die tanzen auch Tango. Aber die Finnen haben ihren eigenen Tango, der unterscheidet sich ziemlich davon. Der argentinische Tango ist größtenteils in Dur, während der finnische komplett in Moll gespielt wird.»

«Aha. Du bist übrigens der erste Finne, der mir begegnet. Bis eben dachte ich noch, ihr wärt alle wie in den Kaurismäki-Filmen: immer betrunken, sehr schweigsam und wahnsinnig traurig.»

«Sind wir ja auch!», lacht er. «Und ich ganz besonders. Das versuche ich eben mit dem Tango zu kompensieren: Wir Finnen sind umso glücklicher, je unglücklicher die Melodie ist. Ich muss dir bei Gelegenheit mal was vorspielen, das hilft auch bei Liebeskummer – besonders in Kombination mit viel Wodka!» Er grinst übers ganze Gesicht. «Aber eigentlich bin ich ja auch nur halber Finne. Bis ich achtzehn war, habe ich bei meiner Mutter in Helsinki gewohnt, dann bin ich nach Hamburg gezogen, um meinen Vater, der hier lebt, besser kennen zu lernen. Und jetzt hänge ich schon seit knapp zehn Jahren hier fest. Mittlerweile bin ich wahrscheinlich richtig norddeutsch geworden. Ich tausche sogar manchmal schon den finnischen Wodka gegen das ‹Hamburger Gedeck› ein und trinke Bier und Korn. Frevelhaft, oder?»

Ich würde am liebsten «Du, ich kenn dich schon aus der *Python Bar*!» schreien, aber das verkneife ich mir lieber. Er soll bloß nicht glauben, dass ich eines von diesen blöden Groupie-Mädchen bin, die Wochenende für Wochenende seinen Tresen belagern und glauben, sie könnten ihn beeindrucken, indem sie möglichst viel Wodka pur in sich hineinschütten. Nein, nein, von denen möchte ich keine sein. Ich komme ja außerdem nur alle zwei Wochen da vorbei; Hannah und ich sitzen immer hinten auf den Sofas und beobachten das Spektakel naserümpfend aus der Ferne. Wir sind also total diskret und zurückhaltend. Trotzdem ist es ein bisschen ernüchternd, dass er mich offensichtlich noch nie wahrgenommen hat. Jedenfalls erwähnt er es nicht.

Nach unserer dritten Tasse Espresso mit viel Zucker – Kaffee muss schwarz wie die Nacht, heiß wie die Hölle und süß wie die Liebe sein, da sind wir uns einig – kommen Laura und der Ulf nach Hause.

«Ah, Laura, schön, dich wiederzusehen! Und Schluff, hallo!», begrüßt Pekka sie.

«Ulf», sagt der Ulf.

«Ja, klar, entschuldige, äh, Ulf. Hach, ich werde deinen seltsamen Namen nie lernen. Na, habt ihr mich vermisst, als ich weg war? Ihr habt mir jedenfalls gefehlt.» Er strahlt Laura an. «Ich bin übrigens richtig froh, dass ihr auch ohne meine Hilfe die perfekte Mitbewohnerin gefunden habt. Cobra ist super, wir haben uns gerade schon kennen gelernt. So viel guten Geschmack hätte ich euch gar nicht zugetraut.»

Mist, ich werde schon wieder rot. Bei allen anderen Menschen verwächst sich das mit der Pubertät, ich hingegen sehe bei jeder Kleinigkeit gleich aus wie die SPD-Parteizentrale. Schnell lächeln und die Haare ein bisschen mehr vors Gesicht fallen lassen, dann sieht man's nicht so. Und die kalten Fingerspitzen gegen die Wangen gedrückt, zum Abkühlen.

«Tja, Pekka, da siehst du mal, wie gut wir hier auch ohne dich klarkommen. Aber trotzdem toll, dass du wieder da bist. Wie war denn euer Auftritt in Seinäjoki?» Laura umarmt ihn.

«Fett war's! Großartig! Ein Typ von einer Plattenfirma war da und meinte, sie wollten uns vielleicht unter Vertrag nehmen.»

«Glückwunsch! Das ist ja wirklich gut! Zur Feier des Tages backe ich was. Einen Käsekuchen! Ich muss sowieso noch zum Supermarkt.» Laura schenkt Pekka ein mütterliches Lächeln und zieht den Ulf hinter sich her aus der Küche.

«Schluff!» Ich pruste los, als die beiden aus der Tür sind. «Das passt so dermaßen zu Ulf! Super, dein Versprecher!»

«Was heißt hier Versprecher? Ulf ist ein lieber Kerl, aber manchmal macht er mich wahnsinnig, wie er so den ganzen Tag durch die Wohnung schleicht. Er schlufft halt. Und irgendwann habe ich dann angefangen, ihn so zu nennen. Ich tu immer so, als könnte ich als Finne seinen Namen einfach nicht richtig aussprechen. Und jetzt gehe ich endlich meinen Akkordeonkoffer wegräumen, bevor Ulf noch dagegenschlufft und sich was tut.»

Ich kichere noch ein bisschen alleine vor mich hin, als Laura ihren Kopf in die Küche streckt: «Ach ja, eines hatte ich noch vergessen, Cobra. WG-Regel Nummer eins: Kein Sex mit Mitbewohnern. Nicht, dass ich dir da irgendwas unterstellen möchte, du sollst es nur wissen. Bis später dann!»

Was war das denn? Ich bin perplex. Habe ich unseren Halb-Mitbewohner Schluff eben zu nett angelächelt? Oder denkt sie ernsthaft, ich würde was mit Kiffer-Claas anfangen? Ich kapier's nicht. Pekka kann sie nicht meinen; dass der schwul ist, weiß ja jeder. Daher auch die ganze Anhimmelei seiner weiblichen Gäste: Dieser tolle Mann ist einfach unerreichbar, und das macht ihn so interessant. Das ganze Schanzenviertel und wahrscheinlich halb St. Pauli wissen, dass er mit seinem *Python-Bar*-Kollegen, dem Argentinier Javier, zusammen ist. Da müsste es seine Mitbewohnerin ja wohl auch mitbekommen haben. So weltfremd kann doch selbst Laura nicht sein. Außerdem merkt man ihm das total an, das Schwulsein.

Hm. Vielleicht wollte Laura es ja wirklich nur prinzipiell erwähnen. Falls ich doch irgendwann noch in heißer Leidenschaft für Claas entbrennen sollte oder so. Aber dafür müsste ich schon verdammt viele Drogen nehmen.

Nach dem ganzen Espresso fühle ich mich allerdings schon aufgeputscht genug. Referat, heute wirst du platt gemacht. Und um den Job bei dieser chilligen Agentur werde ich mich auch gleich noch kümmern.

Der Tag gestern war der erste richtig produktive seit der Trennung von Tim. Das Referat ist so gut wie fertig, in einer halben Stunde habe ich ein Vorstellungsgespräch wegen eines Promo-Jobs, und außerdem habe ich den allwöchentlichen Telefonanruf meiner Eltern hinter mich gebracht. Sie rufen nicht wie alle normalen Eltern sonntags nachmittags an, sondern immer pünktlich dienstags um 21.20 Uhr, wenn ich gerade meiner peinlichen und eigentlich geheim zu haltenden Leidenschaft, dem «Sex and the City»-Gucken, nachgehen will. Keine Ahnung, warum sie sich ausgerechnet diesen Zeitpunkt ausgesucht haben; vielleicht ahnt meine Mutter etwas und will mich aus pädagogischen Gründen vom Anschauen dieser Serie abhalten, weil sie einen schlechten Einfluss auf mich haben könnte.

Aber gestern Abend habe ich es sogar über mich gebracht, ihr von der Trennung von Tim und meiner neuen Wohnung zu erzählen. Es war eigentlich gar nicht so schlimm.

Das Telefonat begann wie immer, erst war mein Vater dran: «Hallo, Cornelia.»

Meine Eltern sind die einzigen Menschen auf der Welt, die mich noch mit Cornelia anreden. Sie haben den Namen ja auch ausgesucht. Ich finde ihn furchtbar.

«Hallo, Papa.»

«Schick mir doch bitte deine aktuelle Studienbescheinigung, ich brauche sie fürs Kindergeld.»

Ein kurzes «Wie geht's» hätte ich eigentlich auch ganz nett gefunden, aber was soll's.

«Ja, mach ich, gleich morgen.»

«Wie lange studierst du denn noch? Du hast doch letztes Jahr schon gesagt, du wärst in sechs Monaten fertig. Wie läuft's mit deiner Magisterarbeit?»

Autsch. Jetzt muss ich mir wieder unpräzise Ausflüchte einfallen lassen. Zum Glück durchschauen meine Eltern das Unisystem überhaupt nicht, das macht es einfacher, sie ein bisschen hinzuhalten. Von dem einen verflixten Schein, der mir seit drei Semestern fehlt, wissen sie nichts. Offiziell befinde ich mich in der Vorbereitungsphase meiner langen, schwierigen und hochkomplexen Magisterarbeit, die einmal die Eintrittskarte in einen lukrativen Beruf mit der Aussicht auf Führungspositionen sein wird.

«Äh, du weißt doch, wie das ist, Papa. Diese ganzen bürokratischen Hürden beim Prüfungsamt und so, da gibt es ja ganz blöde Termine und Fristen, die man beachten muss, und dann hatte mein Prof ja nun ein Forschungssemester, und dadurch verzögert sich auch nochmal alles ein bisschen … Aber es kann nicht mehr lange dauern.»

«Aha.» Ich merke, dass mein Vater skeptisch ist, aber auch nicht weiß, was er mir entgegensetzen soll. Noch einmal davongekommen.

«Ich geb dir dann mal die Mama. Tschüs.»

Mit diesem Satz beendet mein Vater jedes unserer langen, hochemotionalen und vertrauten Telefongespräche.

«Hallo, Kind. Wie geht's dir denn? Bist du im Stress?»

Meine Mutter macht sich wenigstens Sorgen um mich, das tut gut.

«Hallo, Mama. Na ja. Schon irgendwie. Ich bin letzte Woche umgezogen. Tim hat Schluss gemacht und mich aus der Wohnung geworfen, weil ich ihn in Florenz mit einem Italiener betrogen habe.»

«Ach du liebe Güte, das wird doch wohl nicht wahr sein!»

Meine Mutter ist ernsthaft entsetzt.

«Und wo wohnst du jetzt, Kind? Warum bist du denn nicht erst mal nach Hause gekommen? Du weißt, dass hier immer noch dein Zuhause ist, das dir jederzeit offen steht.»

Vor sechs Jahren bin ich bei meinen Eltern ausgezogen, sie wohnen siebenhundert Kilometer von mir entfernt, und trotzdem legt meine Mutter immer noch sehr großen Wert darauf, dass dort «mein richtiges Zuhause» sei. Mein Zimmer sieht auch noch immer so aus wie früher. Inklusive Kurt-Cobain-Poster an der Wand.

«Ich bin in eine WG von einer Bekannten gezogen. Es ist ganz nett hier.»

«In eine Wohngemeinschaft?»

Bei meiner Mutter läuten wahrscheinlich gerade alle Alarmglocken. Mein Kind in einer Kommune; Drogen, Gruppensex und so. «Wo schläfst du denn da?»

«Wie, wo soll ich denn schlafen? In meinem Zimmer. Ich habe hier auch ein eigenes Zimmer, Mama. Mach dir bitte keine Sorgen.»

«Na, ich weiß nicht. Aber wenn du meinst, dass das alles so richtig ist, was du mit deinem Leben anfängst, bitte. Du hörst ja sowieso nicht auf mich. Brauchst du irgendwas? Soll ich dir was schicken? Wenn was ist, rufst du an, ja? Der Papa kann dich auch abholen.»

«Mama. Ich bin sechsundzwanzig Jahre alt. Ich komm schon klar. Und jetzt muss ich auflegen. Ich hab dich lieb. Bis bald.»

«Tschüs, Kind. Ich dich auch. Pass auf dich auf.»

Puh. Ich hatte Schlimmeres befürchtet.

So langsam gewöhne ich mich auch an mein «Kommunen-Leben». Heute Morgen gab es ein wirklich nettes Frühstück mit allen Mitbewohnern und Lauras Käsekuchen. Ich nehme alles Gemeine, was ich bisher über sie gedacht habe, übrigens mit sofortiger Wirkung zurück. Wer so einen tollen

Käsekuchen bäckt, der kann kein schlechter Mensch sein. Dieses WG-Leben fängt an, mir Spaß zu machen. Pekka ist eine sehr angenehme Abwechslung zu Moral-Laura und Kiffer-Claas. Vielleicht kann das Leben ohne Tim ja doch einigermaßen erträglich gestaltet werden? Hm. Er fehlt mir immer noch sehr. Ich würde so gerne einmal wieder mit ihm reden, ihm erzählen, was alles passiert ist in den letzten Tagen, von Pekka und dem Rest der WG … Ob ich ihn einfach anrufen sollte? Andererseits müsste *er* sich bei *mir* melden. Er muss mich doch auch vermissen! Sicher ruft er bald an.

Aber Zeit zum Rumgrübeln habe ich jetzt nicht mehr, ich muss los zum Vorstellungsgespräch. Ich werde jung, hip und motiviert wirken! Tschakka! Ich bin die beste Promo-Studentin überhaupt! Mit mir lässt sich alles an den Mann bringen! Sicherheitshalber habe ich außerdem das enge schwarze Top mit dem tiefen Ausschnitt angezogen. Das zieht normalerweise immer. Schon peinlich, diese Tussi-Masche, aber ich bin eben jung und ich brauche das Geld. Das reicht als Entschuldigung. Basta.

Die Agentur befindet sich praktischerweise auch auf dem Schulterblatt, nur ein paar Häuser weiter. Und die Leute sind wirklich nett, Claas hatte Recht. Er ist überraschenderweise auch noch eine richtig gute Referenz – als ich erzähle, dass ich die Nummer von ihm habe, sind alle total begeistert:

«Ach, Claas, ja! Der war super. Bei unserer letzten Aktion für Zigarettenpapier war er unglaublich erfolgreich.

Er hatte genau das richtige Gespür dafür, welche Leute er ansprechen muss.»

Tja, das kann ich mir denken. Ich bin mal gespannt, ob sie bei mir ebenfalls so gute Menschenkenntnis beweisen und mir auch gleich ein passendes Produkt anbieten können.

«Okay, Cornelia, los geht's. Ich heiße übrigens Oliver, ich koordiniere hier unsere studentischen Aushilfen. Wie spontan bist du denn? Hast du heute Zeit? Du könntest gleich los. Der Kunde ist ein internationaler Feinkostanbieter. Ist das was für dich?»

«Ja, klar! Das klingt gut!» Hmmm, internationale Feinkost ... Wahrscheinlich werde ich auf einer exquisiten Party Beluga-Kaviar und Champagner auf silbernen Tabletts servieren und dabei jede Menge interessante Leute kennen lernen. Na, wenn das nicht passt!

«Perfekt. Hier in der Tüte ist dein Outfit. Müsste dir eigentlich passen. Kannst du singen? Ist auch nur eine kurze Zeile, das kriegst du schon hin. Und warst du schon mal in Holland? Du müsstest mit einem holländischen Akzent reden, so Rudi-Carrell-mäßig, du weißt schon. Einer unserer Jungs fährt jetzt gleich mit dir rüber zum Wal-Mart und baut dir den Stand auf. Du kannst dich hier nebenan gleich umziehen.»

Wal-Mart? Ich luge vorsichtig in die Tüte, und was ich darin sehe, sieht nicht nach Champagner-Party aus: ein langer roter, unförmiger Rock mit blauer Schürze, eine blauweiß gestreifte Bluse von der Größe eines Fesselballons, ein rotes Halstuch und ein Paar Holzschuhe. O mein Gott! Ich bin Frau Antje und bringe Käse aus Holland!

Während ich mich fassungslos im Spiegel betrachte, klopft es an der Tür.

«Bist du schon fertig? Hey, sieht ja abgefahren aus. Kannst

du dir bitte noch Zöpfe flechten? Ach ja, und das hier bitte aufsetzen.»

Oliver reicht mir einen wagenradgroßen Käse aus Schaumstoff.

«Perfekt. Hier auf dem Zettel steht dein Text drauf. So-

bald sich jemand dem Stand nähert, singst du erst kurz», er holt Luft und trällert los, «‹Das Beste von Antje, Butter und Pikantje›. Kannst du dir die Melodie merken? Gut. Dann bietest du Käsewürfel und Butterbrothappen an und sagst: ‹Goede Dag, ich bin das lekker Kaasmeisje! Wollen Sie einmal unseren leckeren Gouda und die gute Butter von Antje probieren? Hmmm, das schmeckt!› Dabei verdrehst du dann genießerisch die Augen und schiebst dir einen Käsewürfel in den Mund. Du kannst das besonders bei Männern auch gerne ein bisschen lasziv machen, das wirkt oft Wunder! Ach ja, und immer schön mit holländischem Akzent reden. Hast du noch Fragen?»

«Nein.» Dazu fällt mir beim besten Willen nichts mehr ein.

«Na, dann kann's ja losgehen. Viel Spaß!»

Ein schweigsamer Agenturknecht fährt mich und den Stand zum Wal-Mart in die Feldstraße. Na toll, ausgerechnet auch noch dieser Supermarkt, in meiner unmittelbaren Nachbarschaft. Das ganze hippe Viertel kauft dort ein. Meine Freundin Hannah verbringt, wie viele andere Singles auch, ganze Samstage zwischen den Regalreihen, immer auf der Suche nach potenziellen Flirtopfern. Der Supermarkt ist für seine überdurchschnittlich gut aussehende männliche Kundschaft bekannt. Hannah hat mittlerweile ein wirksames Analyseinstrumentarium entwickelt; ein Blick auf den Einkaufswageninhalt, und sie weiß, ob der Typ schwul, verheiratet, ein Langweiler, ein Prolet, psychisch gestört oder der Mann ihres Lebens ist.

Und ich klappere nun also mit zu großen Holzklompen an den Füßen und einem Käserad auf dem Kopf durch die Flirt-Hochburg des Schanzenviertels und bete, dass mich niemand erkennt.

Nachdem die erste Stunde vorbei ist, bin ich ziemlich erleichtert. Es ist gar nicht so schlimm wie befürchtet. Mittwochmittags sind hier zum Glück fast nur Rentner und Hausfrauen mit kleinen Kindern unterwegs, und die scheinen relativ routiniert im Annehmen von Probierhäppchen zu sein. Keiner macht dumme Bemerkungen über meinen Käsehut oder mein Pseudo-Holländisch, nur einmal fragt mich ein älterer Herr, ob ich wüsste, wann denn der nette junge Mann im Gurkenkostüm wieder käme, er möge doch viel lieber Spreewaldgurken als Käse. Eine Frau weit jenseits der siebzig lässt sich gleich einen ganzen Teller Käsewürfel einpacken, «falls mal wieder schlechte Zeiten kommen, man kann ja nie wissen». Mir ist das ganz recht. Je schneller meine Vorräte aufgebraucht sind, desto eher kann ich hier abhauen. Die Holzschuhe sind auf Dauer wahnsinnig unbequem, und die Haut an meiner Stirn fühlt sich an, als würde ich von dem Schaumstoffkäse auf meinem Kopf einen fiesen Ausschlag bekommen.

Von links nähert sich gerade wieder jemand meinem Stand und ich trällere «Butter und Pikantje, das Beste von Antje» los und fange an, meinen Spruch mit dem lekker Kaasmeisje aufzusagen, als mich plötzlich ein lautes Kichern direkt neben mir aus dem Konzept bringt.

«Ach, hallo, Cobra. Lange nicht gesehen. Trägt man diesen Sommer wieder Käse?»

Neben mir steht Tini und lächelt zuckersüß. Die hat mir gerade noch gefehlt. Tini und ich waren früher einmal so etwas wie Sandkastenfreundinnen, unsere Mütter sind miteinander befreundet, und wir sind zusammen in den Kindergarten und in die Schule gegangen. Allerdings haben wir uns schon damals lieber gegenseitig mit Sand beworfen als gemeinsam Burgen gebaut. Zwischen uns herrschte immer eher eine Art Wettbewerb als Freundschaft – wer hat das tollere Fahrrad, den tolleren Scout-Ranzen, die tolleren Sticker im Tauschheft, wer hat als Erstes einen Jungen mit Zunge geküsst, wer hat den angesagteren Freund. In der Oberstufe dann war Schluss, wir hatten uns inzwischen in so unterschiedliche Richtungen entwickelt, dass ein direkter Vergleich nicht mehr möglich war: Ich trug PLO-Tücher und Docs mit Glöckchen an den Schnürsenkeln, sie hatte eine Barbour-Jacke und einen Freund mit Cabrio, der bei der Jungen Union war. Vor ein paar Monaten ist sie auch nach Hamburg gezogen; sie arbeitet am Empfang des *Atlantic*-Hotels und hat sich einen Chihuahua und ein Set Louis-Vuitton-Taschen angeschafft. Abgesehen von zwei, drei Kaffee-Verabredungen um der alten Zeiten willen haben wir aber eigentlich nichts mehr miteinander zu tun.

«Hallo, Tini. Das ist ein Job, okay? Noch dazu ein gut bezahlter», brumme ich genervt.

«Na, dann bin ich ja beruhigt. Aber bei dir scheint's ja in letzter Zeit nicht so toll zu laufen, was? Ich habe gestern Abend mit meiner Mutter telefoniert, und die hat mir erzählt, dass deine Mutter ihr erzählt hat, dass Tim dich verlassen hat, weil du mit halb Italien gevögelt hast. Dabei war Tim doch echt nett. Und so gut aussehend!»

«Schön, dass dir das auch aufgefallen ist. Es war übrigens nicht halb Italien, sondern ein einziger Italiener.»

«Schon okay. Tim ist jedenfalls am Boden zerstört. Ich habe ihn gleich mal angerufen, als ich davon erfahren habe. Er ist übrigens auch hier, dahinten, in der Gemüseabteilung. Wir kaufen gerade für ein gemeinsames Abendessen ein. Ich hab gedacht, ich muss ihn mal bekochen, bevor er ganz vom Fleisch fällt vor Kummer. Es gibt Ratatouille, das mag er doch so gerne, nicht wahr?»

«Du hast was?» Ich laufe vor Wut unter meinem Schaumstoffkäse knallrot an. «Das ist ja wohl das Allerletzte, du machst dich an meinen …»

«Vielleicht wäre es besser, wenn er dich in dieser Aufmachung nicht sähe», flötet sie ziemlich laut in Richtung Gemüseabteilung. Und dann: «Oh, schon zu spät. Sieh mal, Tim, wen ich gerade getroffen habe.»

Und da ist er. Tim. Liebe meines Lebens, Mann meines Herzens, mein Augenstern und Herzeleid. Ich sehe ihn wie in Zeitlupe auf mich zukommen, den Blick starr, in der Hand einen Beutel Paprika. Tini macht ein paar Schritte auf ihn zu, breitet die Arme aus, als wolle sie ihm um den Hals fallen. Ich bin unfähig einzugreifen, und dann ist plötzlich alles wie in «Der Pate», Teil eins, als Don Vito Corleone auf offener Straße angeschossen wird – nur dass Marlon Brando Orangen statt Paprika in der Hand hielt. Aber die auf Tim zuhüpfende Tini ist eine mindestens genauso schlimme Bedrohung wie ein Feuerstoß aus einem Maschinengewehr. Und ich stehe daneben wie Fredo, Don Vitos Sohn, und kann mich vor lauter Schreck nicht bewegen.

Kurz vor Tim bremst Tini ab und nimmt die Arme wieder runter. Gott sei Dank. So weit scheinen sie dann doch noch nicht zu sein. Er beachtet sie gar nicht, sondern sieht starr an ihr vorbei in meine Richtung.

«Hallo, Cobra», sagt er tonlos. Er sieht wirklich fertig aus.

Ich kann ihm nur zunicken, es hat mir komplett die Sprache verschlagen. Alle «Vielleicht komme ich langsam darüber weg»-Gedanken der letzten Tage sind spurlos verschwunden, es tut noch genauso weh wie am Anfang. Mein Magen zieht sich zusammen, ich spüre jeden einzelnen Käsewürfel der letzten Stunde. Am liebsten würde ich jetzt ohnmächtig werden: Das erste Wiedersehen mit Tim seit drei Wochen, und ich trage einen Schaumstoffgouda auf dem Kopf.

«Los, Tim, wir haben jetzt alles. Oder willst du noch einen von Cobras Käsehäppchen probieren? Sie redet dann auch so lustig wie Mareijke Amado damals in der Mini-Playback-Show», zwitschert Tini ihm zu.

«Hm, nein, lass uns gehen», murmelt Tim kaum hörbar und macht auf dem Absatz kehrt, Tini stöckelt ihm eifrig hinterher.

«Tschü-hüs! Wir telefonieren, ja?», ruft sie mir noch zuckersüß über die Schulter zu.

Ich fasse es nicht. Diese Schlange! Die kann sich doch nicht einfach so an MEINEN Tim heranmachen! Das schlägt ja wohl alles! Ich meine, wir sind gerade erst seit drei Wochen getrennt, das ist so kurz, dass wir eigentlich noch zusammen sind! Und überhaupt gibt es ja wohl so etwas wie einen Ehrenkodex unter Frauen! Wenn man sich schon an den Ex einer Freundin ranmacht, dann hat man doch zumindest eine angemessene Zeit verstreichen zu lassen! So zwanzig bis fünfzig Jahre etwa. Und selbst dann verhält man sich dabei *ein bisschen* dezenter.

Am schlimmsten finde ich allerdings, dass Tim auch noch darauf anzuspringen scheint. Gut, Tini *hat* den perfekten

Körper, und sie ist eigentlich auch nicht so doof und oberflächlich, wie sie immer tut, aber ich dachte immer, sie sei überhaupt nicht sein Typ. Ich dachte, *ich* sei sein Typ! Und diese Frau ist das komplette Gegenteil von mir! Vielleicht will er mich nur eifersüchtig machen. Hmm. Allerdings hätte er sich dann anders verhalten müssen, mit ihr flirten, demonstrieren, wie gut es ihm ohne mich geht, und nicht bloß mit hängenden Schultern und diesem abgrundtief traurigen Blick dastehen. Das ist alles eine riesige Katastrophe. Meine Tränen tropfen auf Brothäppchen und Käsewürfel, aber das ist mir jetzt auch egal. Ich will nach Hause, ich will niemanden sehen, ich will alleine sein und heulen, und auf keinen Fall möchte ich länger Frau Antje sein.

«Kindchen, was ist denn los?» Eine kleine weißhaarige Omi steht neben mir und schaut mich erschrocken an. «Geht es Ihnen nicht gut?»

«Nein», murmele ich, «mir geht es gar nicht gut. Der Mann, den ich liebe und mit dem ich meine Zukunft teilen wollte, dieser Mann fängt gerade was mit einer Chihuahua-Schlampe an! Vor meinen Augen!» Ich beginne laut zu schluchzen. «Sie haben sogar schon zusammen Paprika gekauft!»

Die Omi guckt zwar etwas verständnislos, tätschelt mir aber beruhigend den Arm. «Kindchen, ist ja gut. Kann ich Ihnen irgendwie helfen?»

«Gouda», schluchze ich, «mögen Sie Gouda? Tun Sie mir einen Gefallen und nehmen Sie diesen Teller Käsewürfel. Alle! Dann kann ich nämlich Feierabend machen. Und diesen blöden Käselaib vom Kopf nehmen.»

Die Omi ist sehr hilfsbereit und lässt sich alles einpacken. Ich rufe vom Handy in der Agentur an, um mitzuteilen, dass ich fertig bin und alle Happen aufgegessen sind.

«Hey, super Job gemacht! Du bist schnell, das ist gut. Leider kann dich momentan niemand abholen, die Fahrer sind alle unterwegs. Aber du kannst den Stand so stehen lassen, ich schicke nachher jemanden zum Abbauen vorbei. Komm doch einfach schnell zu Fuß rüber, ist ja nicht weit. Bis gleich!»

Oliver hat gut reden. Ist ja nicht weit! Aber selbst die Strecke von der Feldstraße bis zum Schulterblatt kann einem vorkommen wie eine dreifache Erdumrundung, wenn man dabei eine drollige holländische Polyester-Tracht trägt – meine eigenen Klamotten liegen ja noch in der Agentur.

Es ist früher Nachmittag, strahlend blauer Himmel, die gesamte Hamburger In-Szene tummelt sich auf der so genannten «Piazza», Milchkaffeegläser in den Händen, und checkt hinter Sonnenbrillen ab, wer so alles die Straße entlangflaniert. In diesem Fall bin ich es, barfuß, weil ich in den verdammten Holzklompen keinen einzigen Schritt mehr gehen kann, in der Hand den wagenradgroßen Käsehut. Ich habe übrigens wirklich fies juckenden Ausschlag davon an der Stirn bekommen, der in der Sonne wahrscheinlich besonders schön leuchtet. Wo ich entlangkomme, ersterben die Gespräche, und alle Blicke wenden sich mir zu. Scheiße, Scheiße, Scheiße.

«Igitt, das sieht ja fies aus, was du da an der Stirn hast. Tut das weh?», begrüßt mich Oliver.

«Das kommt vom Käsehut. Juckt wie die Hölle, danke der Nachfrage. Bekomme ich das Geld eigentlich bar, oder überweist ihr das?»

«Bar. Ich hab deinen Umschlag schon fertig gemacht, liegt da vorne auf dem Schreibtisch. Wollen wir gleich den nächsten Termin ausmachen?»

«Äh, ich würde sagen, ich melde mich dann. Danke.» Ich

schnappe mir das Geld, schlüpfe hastig in Jeans, T-Shirt und Turnschuhe und renne nach Hause, so schnell mich meine brennenden Füße tragen. Dort lasse ich mich aufs Bett fallen, das einen traurigen Seufzer von sich gibt, und ziehe mir die Decke über den Kopf. Heute bin ich für niemanden mehr zu sprechen.

«Cobra, Telefon!» Pekka wummert gegen meine Tür.

«Ich bin nicht da!» Seit gestern Nachmittag habe ich mein Zimmer nicht mehr verlassen.

«Das sagst du ihm am besten selbst.» Er reißt meine Tür auf, zieht mir die Bettdecke vom Kopf und hält mir den Hörer hin.

Tim? Ach du liebe Güte, wie soll ich bloß mit ihm reden? Soll ich mich mit einer meiner Stimmung angemessenen weinerlichen Stimme melden, damit er merkt, wie sehr ich leide, und Mitleid bekommt? Oder soll ich mich zusammenreißen und fröhlich beschwingt tun, damit er mich nicht armselig, sondern reizvoll und interessant findet? Am besten höre ich erst einmal, in welcher Stimmung er selber ist.

«Hallo?», sage ich so neutral wie möglich.

«Piccolina! Che c'è? Warum willst du nicht mit deinem armen alten Nonno reden?»

Mein Opa! Ich weiß nicht recht, ob ich mich freuen oder enttäuscht sein soll.

«Scusa, Nonno. Ach, mir geht's zurzeit gar nicht gut. Tim, na, du weißt es doch sicher auch schon.»

«Bambina mia, deine Mamma hat mir alles erzählt. Was machst du bloß für Sachen? Mit einem Florentiner auch noch! Immer diese Toscani, die denken doch sowieso, sie wären was Besseres! Und nun raubt so einer auch noch meiner Piccolina das Herz! Was hat er dir alles für Lügen erzählt, dieser …»

«Nonno! Beruhig dich bitte. Erstens war es zwar in Florenz, aber Matteo ist Sizilianer. Ja, ich weiß, aber fang jetzt bitte nicht damit an, dass die noch schlimmer wären!» Mein Großvater kommt aus dem Veneto und hat als überzeugter Lokalpatriot schlimme Vorurteile gegen fast alle anderen italienischen Regionen.

«Und außerdem hat er mir weder Lügen erzählt noch mir das Herz geraubt. Ich bin an dem ganzen Schlamassel leider selber schuld. Ich dachte irgendwie, ich könnte beides haben, ein bisschen Spaß mit Matteo in Italien und eine sichere Beziehung mit Tim in Hamburg. Dass das nicht funktioniert und total egoistisch von mir war, hab ich ja mittlerweile auch eingesehen.»

«Bambina, so gerne ich deinen Tim mag: Ich habe dir ja immer gesagt, dass du damals zu jung warst, um dich schon so fest zu binden. Du warst gerade zwanzig, als ihr euch verliebt habt! Man muss sich doch auch ein bisschen ausleben! Ein bisschen Amore hier, ein bisschen Amore da, diese Woche jener und nächste Woche ein anderer – so muss man das machen, wenn man jung ist! Man muss das genießen, sonst ist man nicht bereit für die richtig große Liebe. Mit deiner Großmutter und mir war es ja nicht anders. Ich habe viele Frauen vor ihr gehabt, viele, viele, tante donne, und als ich sie dann getroffen habe, wusste ich, dass ich nicht mehr weitersuchen muss, dass sie diejenige ist, bei der ich mich ausruhen kann und bei der ich bleiben will. Und nun habe ich schon fast fünfzig Jahre …»

«… keine andere Frau mehr angeschaut. Ich weiß, Nonno. Das erzählst du oft genug. Und ich bewundere euch sehr für eure Liebe. Vielleicht hast du ja Recht. Aber was soll ich denn machen, wenn ich den Mann meines Lebens nun mal getroffen habe, bevor ich ein bisschen Amore hier und ein bisschen Amore da machen konnte? Die Wochen mit Matteo waren schon sehr nett, aber ich habe dadurch auch gemerkt, dass ich das gar nicht will, dieses bisschen. Ich will das Ganze, capisci, und das Ganze, das ist Tim. Das weiß ich ganz sicher. Und ich habe keine Ahnung, wie ich ihn zurückbekommen kann.»

«Lass ihm Zeit, Piccolina. Du hast ihn sehr verletzt, damit muss er erst einmal zurechtkommen. Nutze die Zeit ohne ihn, komm dir selbst wieder ein bisschen näher. Vielleicht tut diese Pause euch beiden ja sogar ganz gut. Wenn er der Richtige für dich ist, dann wird er das auch wissen, und ihr werdet wieder zueinander finden. Irgendwann. Vielleicht auch erst in ein paar Jahren, Bambina, wer weiß das schon. Die große Liebe ist immer destino, Schicksal, das kann man weder erzwingen noch verhindern.»

«Ach, du bist immer so hoffnungslos romantisch, Nonno. Ich weiß nicht recht, ob ich daran glauben kann. Ich kann's ja mal versuchen. Bis bald, ja? Un bacio per la nonna. Ihr fehlt mir beide. Ich muss euch mal wieder besuchen kommen.»

«Ja, mach das, Piccolina. Du warst lange nicht mehr hier. Un bacio anche per te. Ciao!»

Mein Nonno ist großartig. Er kann auch aus der schlimmsten Situation noch irgendetwas Positives ziehen und damit trösten. Das war schon immer so – wenn ich als Kind von der Schaukel gefallen bin oder damals, als meine Katze überfahren wurde. Der Nonno hatte immer die richtigen Worte, um alles nicht mehr so schlimm erscheinen zu lassen. Nur bei Liebeskummer funktioniert das offensichtlich nicht ganz so gut, ein bisschen pusten oder der Gedanke an den Katzenhimmel reichen heute nicht mehr aus, um den Schmerz zu vertreiben.

Aber wie soll er sich auch auskennen, mit Liebeskum-

mer? Er und meine Oma sind das glücklichste Paar, das ich kenne, und das schon seit fast einem halben Jahrhundert. Er hat damals, in den Fünfzigern, in einer Trattoria am Gardasee gekellnert und dort meine Oma kennen gelernt, die mit ihren Freundinnen im Urlaub war. Sie haben sich sofort Hals über Kopf ineinander verliebt, und mein Nonno
ist mit ihr nach Deutschland gegangen. Seitdem leben sie auf einem kleinen Bauernhof in Friesland, und er schaut nun jeden Tag auf die Nord- statt auf den Gardasee. Ich finde es toll, dass er sein ganzes altes Leben in Italien für die Liebe zu seiner Frau geopfert hat. Ich weiß nicht, ob ich so etwas könnte. Obwohl – für Tim würde ich mittlerweile auch viel aufgeben. Ich war bisher viel zu egoistisch in unserer Beziehung. Wenn er mir doch nur noch eine kleine Chance geben würde! Ich würde alles besser machen. Aber wahrscheinlich ist es sowieso schon zu spät, und Tim hat sich längst von Tini einwickeln lassen.

Diese blöde Kuh. Warum sucht sie sich nicht einen ihrer üblichen Männer, irgend so einen aufstrebenden Banker oder Wirtschaftsjuristen? Warum muss sie sich ausgerechnet meinen klugen, sensiblen Tim aussuchen? Und wieso lässt der sich das überhaupt gefallen?

Vielleicht weiß er gar nicht, dass ich ihn zurückwill? Möglicherweise hat er ja meinen Auszug und meine Zurückhaltung total missverstanden und denkt jetzt, mir läge gar nichts mehr an unserer Beziehung? Ich muss es ihm vielleicht noch einmal deutlich machen, dass ich ihn immer noch sehr liebe. Bevor es zu spät ist. Und die doofe Tini ihm mit ihrer bescheuerten Ratatouille komplett den Kopf verdreht hat. Ja. Ich muss handeln. Und zwar sofort.

Ich schnappe mir meine Jacke und schwinge mich aufs Fahrrad. In Lance-Armstrong-Geschwindigkeit brettere ich in Richtung Eimsbüttel über das Schulterblatt, mein klapperndes Schutzblech macht dabei auf dem Kopfsteinpflaster solch einen Lärm, dass der ganze Milchkaffee-Verein auch ohne Holländertracht wieder zu mir herüberstarrt. Aber das ist mir herzlich egal, genau wie die beiden roten Ampeln, die

ich überfahre. Ich bin unterwegs in Sachen Liebe, Amor in eigener Mission sozusagen, da gelten keine Verkehrsregeln.

Nach genau sieben Minuten stehe ich vor unserer alten Wohnung im Heußweg. Wow. Ich sollte über eine Karriere als Fahrradkurier nachdenken. Aber erst einmal werde ich meine ganz persönliche Nachricht überbringen und Tim sagen, dass ich ihn immer noch sehr liebe und dass ich auf ihn warten werde.

Ich drücke auf die Klingel und warte auf seine Stimme in der Gegensprechanlage.

«Hallo?»

«Tim, ich bin's. Ich muss dringend mit dir reden.»

Die Haustür summt. Ich renne die Treppe hinauf, immer zwei Stufen auf einmal nehmend, bis in den vierten Stock.

In der Wohnungstür steht Tim und schaut mich fragend an.

«Tim!», japse ich atemlos. «Tim, ich wollte dir nur sagen, also, falls du das vielleicht nicht weißt, weil, eigentlich solltest du das wissen, aber ich dachte, vielleicht denkst du, dass mir das egal wäre, mit uns, aber das ist es nicht, im Gegenteil, mir ist das alles sehr wichtig, ich will nicht bloß ein bisschen Amore hier und ein bisschen Amore da, du und ich, das ist einfach destino, weißt du, da kann man gar nichts dran ändern.» Ich keuche. Nach dem Fahrradsprint und dem Treppenspurt geht mir nun endgültig die Luft aus. Außerdem habe ich fieses Seitenstechen. Irgendwie war das alles ein bisschen viel für meinen Kreislauf, ich sollte einfach mehr Sport treiben, denke ich, und dann denke ich nichts mehr, und plötzlich wird alles dunkel.

Als ich die Augen aufschlage, liege ich in meinem Bett. Nicht in meinem neuen Pseudo-Halligalli-IKEA-Bett, sondern in meinem Bett. Unserem Bett. Tims und meinem Kuschel- paradies. Endlich ist alles gut. Ich bin da, wo ich hingehöre. Alles ist warm und weich und vertraut, und ich werde einfach nie wieder aufstehen.

«Cobra! Cobra, wie geht es dir?»

«Gut, Cavolfiore, gut geht es mir. Alles ist gut, Cavolfiore mio», murmele ich. Ich nenne Tim gerne Cavolfiore, ich habe ihm immer gesagt, das sei ein italienischer Kosename, dabei heißt das eigentlich Blumenkohl. Aber das weiß er ja nicht, und außerdem klingt das Wort total schön, und Blumenkohl ist mein Lieblingsgemüse.

«Bist du sicher? Kannst du aufstehen?» Er klingt seltsam besorgt.

«Aufstehen, warum sollte ich. Da habe ich gar keine Lust zu. Komm du lieber wieder zu mir ins Bett, Cavolfiore.»

«Cobra. Bitte.» Tims Stimme ist plötzlich so ernst und vorwurfsvoll, dass ich schlagartig wieder zu mir komme.

«Was … was ist denn passiert?»

«Du bist im Flur ohnmächtig geworden. Und hast dir den Kopf am Treppengeländer angeschlagen. Ich hab dich in die Wohnung getragen, du warst bestimmt drei oder vier Minuten bewusstlos. Ich rufe jetzt erst mal einen Krankenwagen.»

«Nein! Nein, lass nur, mir geht's schon wieder gut. Alles in Ordnung. Am Kopf hab ich auch nur eine kleine Beule. Kein Grund zur Sorge. Wirklich.»

Tatsächlich ist mir die ganze Sache dermaßen peinlich,

dass fürs Wehleidigsein gar keine Zeit bleibt. Das war ja mal wieder ein gelungener Auftritt. Verdammt!

«Na ja, musst du selber wissen.» Tim schaut skeptisch. «Was wolltest du mir denn überhaupt sagen? Ich hab eben im Flur kein Wort verstanden, du warst ja völlig außer Atem.»

«Ich wollte einfach noch einmal mit dir reden. Dir sagen, dass … Hm, wie formulier ich das jetzt am besten?» Ich lasse meinen Kopf zurück aufs Kissen fallen und starre an die Decke, um in Ruhe nach den richtigen Worten zu suchen.

«Also, ich … Aua!» Was ist das denn? Plötzlich pikt mich etwas in den Hinterkopf. Vielleicht habe ich mich bei meinem Sturz eben doch ernsthaft verletzt. Ich greife unter meinen Kopf, erwarte Blut und offene Platzwunden unter meinen Haaren und finde – einen Ohrring.

«Huch, was ist das denn? Seit wann trägst du denn so was? Findest du das irgendwie metrosexuell oder so?», versuche ich noch einen blöden Witz zu machen, als mir plötzlich alles klar wird. Tini! TINI! Natürlich, sie trug gestern im Supermarkt diese riesigen geschmacklosen Perlmutt-Hänger! Und nun liegt einer davon in Tims Bett! In UNSEREM Bett! Wie konnte er nur?

«Wie konntest du nur?», schreie ich ihn an. «In unserem Bett! Ist dir denn gar nichts heilig? Und dann auch noch mit meiner besten Freundin!» Na ja, okay, auch Tim weiß, dass Tini und ich nicht wirklich befreundet sind, aber irgendwie gelingt es mir wie üblich, mich selbst zu überzeugen und mich in eine ohnehin schon schlimme Situation immer noch weiter hineinzusteigern.

«Du spinnst ja wohl. Was denkst du denn von mir? Ich hab keine Ahnung, wie das Ding da hinkommt. Wir haben zusammen eine DVD geguckt, dabei muss sie ihn wohl verloren haben.»

«Ach, komm mir nicht mit so billigen Ausreden! DVD gucken! So nennt man das also heute! Du hast mit ihr geschlafen! Gib's doch zu! In unserem Bett! So schnell hast du dir also eine andere gesucht! So schnell konntest du mich also vergessen!»

«Cobra, jetzt krieg dich bitte mal wieder ein. Zwischen Tini und mir ist überhaupt gar nichts gelaufen. *Du* bist doch diejenige von uns, die fremdgegangen ist. *Du* hast doch alles kaputtgemacht. Jetzt tu gefälligst nicht so, als wäre ich der Arsch. Und selbst *wenn* ich mit Tini geschlafen hätte, hättest du keinerlei Recht, dich darüber aufzuregen.» Erregt schnappt er nach Luft. «Du bist so selbstgerecht, das kotzt mich dermaßen an. Vielleicht hätte ich wirklich mit ihr ficken sollen, dann wäre deine Szene hier wenigstens nicht komplett umsonst.» Er guckt mich mit einem so bitterbösen Blick an, dass mir ganz kalt wird.

Ich werde ganz kleinlaut. «Tim, bitte … Ich wollte doch nur …»

«Es ist besser, wenn du jetzt gehst, Cobra.» Er stapft aus dem Zimmer und lässt mich allein zurück. Und ich stehe auf und gehe. Ich fühle mich komplett betäubt. Ich kann nicht einmal mehr heulen. In Zeitlupe mache ich die Tür hinter mir zu, schleiche die Treppe hinunter, setze mich aufs Rad und fahre los.

Zurück in der WG, höre ich durch Pekkas Tür Akkordeonmusik. Wenn die Finnen traurige Musik glücklich macht, dann bin ich definitiv kein Finne. Was er da spielt, klingt so wehmütig, dass es mir fast das Herz zerreißt. Alle Tränen, die eben durch Tims eiskalten Blick in mir eingefroren sind, tauen plötzlich auf und rollen los. Ich schluchze laut auf.

«O nein! Cobra, was ist denn?» Pekka muss mich wohl

gehört haben, er kommt aus seinem Zimmer, das Akkordeon hat er noch umgeschnallt.

«Tim, dieser Arsch! Er hat schon eine Neue. Eine ganz Schreckliche. Er kommt sicher nie wieder zu mir zurück!»

Ich werfe mich an Pekkas Brust und heule mich aus. Auch das Akkordeon gibt ab und zu einen klagenden Laut von sich.

«So geht das nicht weiter.» Pekka streichelt meinen Kopf. «Wir müssen was tun, gegen deinen Kummer. Wenn dir Tango nicht hilft, dann müssen wir zu Plan B greifen. Wodka.»

«Ach Mensch, ich kann mich doch auch nicht einfach in mein Zimmer setzen und stumpf betrinken. Habe ich ja versucht. Ich werde bloß total melancholisch und noch dramatischer. Das bringt nicht viel.»

«Wer sagt denn was von deinem Zimmer? Wir gehen aus, heute Abend. Ein Freund von mir legt im *Pudel* auf. Und wir gehen da zusammen hin. Keine Widerrede.»

Irgendwie werde ich das Gefühl nicht los, dass in dieser WG strengere Regeln gelten als in meinem Elternhaus. Da denkt man, man zieht zu Hause aus, damit man endlich ein eigenes, selbstbestimmtes Leben führen kann, ohne dass einem dauernd jemand vorschreibt, was man zu tun und zu lassen hat – und dann das. Papa Pekka und Mama Laura kümmern sich um Klein-Cobra. Leider bin ich zu hilflos und verzweifelt, um zu widersprechen. Was soll's. Ich kann Pekkas Plan B ja mal ausprobieren. Hier in meinem Zimmer grübele ich ja doch nur über Tim nach. Vielleicht ist Ablenkung wirklich nicht so schlecht. Außerdem war ich schon ziemlich lange nicht mehr im *Golden Pudel Klub*.

«Na gut. Ich hab ja sowieso keine Alternativen. Aber wenn ich keine Lust mehr habe, gehe ich nach Hause, okay?»

«Okay. Du musst mir nur versprechen, mindestens eine halbe Stunde auszuhalten und drei Drinks mit mir zu trinken. Wenn du dann immer noch gehen willst, werde ich dich nicht aufhalten. Deal?»

«Deal.»

«Sehr schön. Jetzt ist es halb neun, so gegen Mitternacht wollte ich los. Bleiben dir also dreieinhalb Stunden, um dich wieder gesellschaftstauglich zu machen. Kriegst du das hin?»

«Was heißt denn hier gesellschaftstauglich? Was bin ich denn jetzt gerade, bitte schön? Hör mal, ich gehöre nicht zu diesen Tussen, die sich stundenlang aufhübschen und stylen, bevor sie mal kurz Brötchen holen gehen.» Das regt mich richtig auf.

«Jetzt sei doch nicht gleich beleidigt. Schau halt mal in den Spiegel. Ich geh weiter Akkordeon üben. Bis nachher. Und absagen gilt nicht!»

Immer noch empört, rausche ich ins Bad, um mich genauer anzusehen. Und es trifft mich fast der Schlag. Ach du Scheiße! Eine große Modelkarriere werde ich so sicher nicht antreten. Das reicht höchstens für eine von diesen Vorher- / Nachher-Verwandlungsaktionen. Als Vorher. Der rote Ausschlag auf meiner Stirn ist immer noch nicht ganz verschwunden. Meinen Haaren sieht man an, dass ich die letzten vierundzwanzig Stunden damit verbracht habe, meinen Kopf unter der Bettdecke zu vergraben. Die Augen und die Nase sind geschwollen vom vielen Heulen und Schniefen, und mein Uralt-Nicki-Pullover ist voller Rotwein- und Schokolade-Flecken. So würde selbst ich nicht Brötchen holen gehen, wahrscheinlich würde mich sofort die Heilsarmee einsammeln und in eine Notunterkunft einweisen. Und so hat mich auch noch Tim gesehen. Mist!

Ich sehe ein, dass Pekka in gewisser Weise Recht hat, und beschließe zu duschen.

Eine Stunde später sieht alles schon wieder einigermaßen menschlich aus. Der Ausschlag ließ sich ganz gut abdecken, und ein bisschen Föhnen mit Kopf nach unten macht

aus meinen Haaren beinahe schon eine Frisur. Was meinte mein Nonno? Ich soll Tim Zeit lassen und mich auf mich konzentrieren. Was anderes bleibt mir ja sowieso nicht übrig. Langsam macht mich das alles eher wütend als traurig. Wenn er meint, die Schlampe sei besser für ihn, als ich es bin, dann soll er es halt ausprobieren. Er wird schon sehen, was er davon hat. Tim und Tini. Wie das schon klingt. Wie Fix und Foxi. Oder Dick und Doof. Total bescheuert jedenfalls.

Langsam bekomme ich richtig Lust aufs Ausgehen.

«Wow! Hätte nicht gedacht, dass du das so schnell hinkriegst. Du siehst gut aus, Kompliment!» Pekka ist mit meiner Restaurationsarbeit offensichtlich zufrieden.

«Ich hab eine Flasche Rotwein aufgemacht, magst du dich in die Küche zu mir setzen und was mittrinken?»

«Ja, klar.»

Drei Stunden und zwei Flaschen Wein später bin ich nicht nur ziemlich angetrunken, sondern habe auch das erste Mal in meinem Leben Tango getanzt. Na ja, getanzt ist vielleicht übertrieben, Pekka hat es gerade einmal hingekriegt, dass ich mir den Grundschritt merken konnte.

«Finnischer Tango ist viel einfacher zu tanzen als argentinischer, weil er Ähnlichkeit mit einem Marsch hat. Das ist also mehr eine Art Gehtanz. Kriegt man auch noch mit Wodka intus prima hin.»

«Hm, mit Rotwein scheint das Ganze nicht zu funktionieren. Ich trete dir ja dauernd auf die Füße.»

«Ach, du machst das gar nicht schlecht. Jedenfalls harmonierst du besser mit mir als Javier. Kennst du Javier eigentlich? Ich muss euch mal vorstellen.»

«Äh, nee, ich glaube nicht.» Natürlich kenne ich Javier. Jeder kennt Javier. Pekkas Freund und Kollege aus der *Python Bar*. Aber da Javier mich mit ziemlicher Sicherheit genauso wenig kennt, wie Pekka mich erkannt hat, würde ich das natürlich nie zugeben.

«Du tanzt mit Javier Tango?» Warum frage ich eigentlich. Ich habe die beiden schon oft genug zusammen gesehen. Kurz vor Schluss liefern sie manchmal eine kurze Vorstellung für die letzten Bar-Gäste. Es ist unfassbar, welche erotische Spannung zwischen ihnen herrscht, wenn sie tanzen. Das knistert richtig, und Frauen wie Männer kriegen beim Zuschauen die Münder nicht mehr zu.

«Ja, ziemlich oft sogar. Er ist Argentinier und hat den Tango ja auch im Blut. Aber das ist auch genau das Problem: Der argentinische Tango hat ganz viele Rhythmus- und Tempowechsel, und wir Finnen mögen eher ein gleichförmiges Stampfen. Das ist gar nicht so einfach, sich da in der Mitte zu einigen.» Er sieht mich an. «Du hingegen kannst ziemlich gut stampfen.»

Mh, ich sollte das jetzt wahrscheinlich als Kompliment nehmen. «Danke.»

«Wollen wir mal los? Fred legt schon ab zwölf auf. Nicht, dass wir ihn noch verpassen vor lauter Tanzkurs.»

Fahrradfahren erweist sich bei meinem Rotweinpegel leider als noch schwieriger als Tangotanzen. Ich baue drei Beinahe-Unfälle, die alle böse hätten enden können. Aber das ist mir gerade ziemlich egal. Das erste Mal seit langem fühle ich mich richtig fröhlich. Nicht glücklich, aber immerhin fröhlich. Tim ist trotz des Debakels heute Nachmittag ziemlich weit weg, in einem tiefen, dunklen Rotweinsee in irgendeinem Winkel meines Hirns abgetaucht. Pekka und ich schließen unsere Räder am Hein-Köllisch-Platz an und laufen Richtung Treppe.

Im *Golden Pudel Klub*, dieser kleinen, siffigen Hütte direkt unten am Hafen, kommt immer das volle Hamburg-Gefühl auf. Die Stufen sind wie meistens voll mit Leuten. Es ist noch ziemlich warm draußen, und im Trockendock von Blohm + Voss am anderen Elbufer liegt ein hell erleuchtetes Kreuzfahrtschiff, an dem noch gearbeitet wird. Von weitem hört man das Brummen des Containerhafens, und wenn man samstags nachts kommt, kann man zuschauen, wie Aal-Kai und Blumen-Dieter auf dem Fischmarktgelände auf der anderen Straßenseite schon ihre Stände aufbauen. Beinahe schon kitschig, dieses Hamburg, aber ich liebe es.

Heute ist allerdings Donnerstag und somit nix mit Fischmarkt. Pekka und ich gehen in den Club; wir brauchen fast eine halbe Stunde, bis wir zur Tanzfläche vordringen, zum einen, weil es so voll ist, zum anderen, weil Pekka hier jeden Zweiten persönlich zu kennen scheint und begrüßen muss. Wenigstens stellt er mich immer gleich mit vor, und so lerne ich innerhalb von dreißig Minuten das gesamte Who's who des Hamburger Nachtlebens kennen. Jedenfalls den cooleren Teil.

Pekka hat mir inzwischen schon den dritten Wodka Lime ausgegeben, ich bin betrunken und tanze. Die Musik, die Fred auflegt, ist wirklich gut, und ich ertappe mich dabei, wie ich auf die Flirtversuche eines gar nicht mal so schlecht aussehenden Typen eingehe. Er lehnt am Rand der Tanzfläche, ein Bier in der Hand, und grinst schon seit ein paar Minuten ziemlich unverhohlen zu mir herüber. Nachdem ich vorsichtig ausgecheckt habe, dass er wirklich mich meint und nicht zufällig gerade Kate Moss oder so hinter mir tanzt, grinse ich einfach mal zurück. Der Kerl passt eigentlich gar nicht in mein Beuteschema. Wobei ich genau genommen gar kein wirkliches Beuteschema habe, bisher gab es ja nur Tim. Na ja, und Matteo, aber der war auch ein bisschen wie Tim all'italiano. Trotzdem, ich hätte nicht gedacht, dass ein Kerl wie der, der da zu mir herüberstarrt, mir gefallen könnte. Hübsch ist er ja, aber sein Hemd ist genau einen Knopf zu weit aufgeknöpft, die Jeans eine Nummer zu eng, und die Haare wirken ein wenig zu sehr gestylt. Außerdem trägt er eine Sonnenbrille. Nachts, in einem dunklen Club. Bisschen sehr poserig, der ganze Auftritt, aber irgendetwas tief in mir drin scheint er damit offensichtlich anzusprechen. Irgendetwas … Schmutziges, fürchte ich.

Der Typ fühlt sich durch mein Zurückgrinsen wohl ermutigt, jedenfalls stellt er sein Bier ab, löst sich langsam von der Wand und schiebt sich über die Tanzfläche in meine Richtung.

Er baut sich vor mir auf, grinst wieder und fängt ebenfalls an zu tanzen. Gar nicht mal schlecht. Wirklich nicht. Huh, und diese Bewegung, die er da mit seinen Hüften macht … Hilfe, finde ich das gerade gut! Er tanzt um mich herum und drückt sich von hinten an mich heran. Sehr nah. Ich spüre deutlich, dass er mich offensichtlich auch nicht ganz unattraktiv findet. Ziemlich bestimmt legt er seine Hände auf meine Hüften, zieht mich an sich heran, ich schließe die Augen und lasse es einfach geschehen. Spüre nur noch die Musik, das Wummern der Bässe, seine Hände, sein Becken an meinem Hintern. Mein Gehirn ist ausgeschaltet, ich schwebe in einer riesengroßen Luftblase, in der es nur noch meinen Körper, Musik und seinen Körper gibt. Mit sanfter Gewalt dreht er mich zu sich um, schiebt meinen Kopf nach hinten, leckt über meinen Hals, und dann küsst er mich. Und dieser Kuss ist komplett anders als alle meine Küsse bisher. Da ist nichts Zärtliches, nichts Verliebtes und nichts Schüchternes, dieser Kuss ist einfach nur Sex. Wir stehen in der Mitte der Tanzfläche, reiben unsere Becken aneinander, meine Hände auf seinem Körper, seine auf meinem, die Musik um uns herum, und es ist mir egal, dass uns alle Leute zugucken. Eigentlich macht es sogar Spaß, ihre Blicke zu spüren, wie sie uns beobachten, während wir uns anfassen und leise aufstöhnen.

«Gehen wir zu dir? Ich will so dringend mit dir ficken, das kannst du dir gar nicht vorstellen», flüstert er mir ins Ohr und lässt anschließend seine Zunge darin kreisen.

«Doch, das kann ich. Lass uns gehen. Sofort.» Ich ziehe ihn hinter mir her von der Tanzfläche, aus dem Club, auf die Straße. Wir drücken uns knutschend an die Hafenmauer gegenüber und halten dann ein Taxi an.

«Zum Schulterblatt», rufe ich noch kurz dem Fahrer zu, bevor wir auf der Rückbank weitermachen und ich schon wieder seine Zunge in meinem Mund habe. Im Treppenhaus ziehen wir uns gegenseitig schon halb aus, beinahe vergesse ich mein T-Shirt im dritten Stock, und, oben angekommen, fallen wir direkt in mein Zimmer, auf mein Halligalli-IKEA-Bett, das zumindest heute Nacht seinem Namen ziemlich sicher alle Ehre machen wird.

Bäh. Was ist das denn? Mein Kopf fühlt sich an, als hätte jemand darauf die ganze Nacht finnischen Tango gestampft. Mit holländischen Holzschuhen an den Füßen. Mein Mund ist staubtrocken, und wenn ich die Augen öffne, sticht das Tageslicht wie tausend Nadeln. Außerdem ist mir so was von übel. Was habe ich gestern bloß gemacht? Ach ja, ich war im *Pudel*. Der letzte Wodka Lime ist definitiv schlecht gewesen. Wie viele waren es überhaupt? Ich kann mich gar nicht mehr erinnern. Ich kann mich an gar nichts erinnern. Boah, geht's mir schlecht.

Mit einem Wimmern drehe ich mich zur Seite – und sitze vor Schreck senkrecht im Bett. Neben mir – da liegt etwas. Jemand, genauer gesagt. Liegt da, mit offenem Mund, schnarcht leise, hat Haare auf der Brust und eine schlechte Tätowierung am Oberarm. Liegt einfach da, in meinem Bett, und – ich hebe die Decke kurz hoch – ist dabei auch noch nackt.

Wer zur Hölle ist dieser Typ? Und wie kommt er in mein Bett? Und warum in Gottes Namen bin ich auch nackt und habe einen Knutschfleck auf dem Bauch?

Okay, Cobra, ganz ruhig, du musst dich jetzt konzentrieren. Was ist gestern Nacht im *Pudel* passiert? Bis zum zweiten Wodka Lime komme ich noch, danach herrscht in meiner Erinnerung dichterer Nebel als in einem schottischen Hochmoor. Da war doch dieser Typ, dieser gut aussehende Kerl, der sich so wahnsinnig sexy bewegen konnte. Wo ist der denn dann eigentlich hin? Oder – o Gott!

Schlagartig wird mir alles klar. Das, was da neben mir liegt, ist der Typ von gestern. Wie der sich allerdings über Nacht von einem sexy Mann in einen schnarchenden Vollhorst verwandeln konnte, ist mir ein Rätsel. Mir wird irgendwie noch schlechter als zuvor. Ich fürchte, ich muss kotzen.

Zurück aus dem Bad weiß ich nicht recht, was ich jetzt tun soll. Ich kann mich kaum auf den Beinen halten, mir wäre so nach hinlegen, aber in meinem Bett, da liegt ja schon dieser Typ. Und ich habe herzlich wenig Lust, mich wieder neben ihn unter die Decke zu kuscheln. Am Ende wacht er noch auf! Fröstelnd stehe ich in meinem geklauten Hotelbademantel in der Mitte des Zimmers. Verdammt, wie komme ich aus dieser Situation bloß wieder raus? Ich würde jetzt echt gerne nach Hause gehen, aber da bin ich ja schon.

«Uaaahhh!»

O Gott, es wird wach. Es räkelt sich.

«Moinsen, Schöne. Gibt's schon Kaffee?»

«Äh, Morgen. Kaffee, mmh, weiß gar nicht, ob ich noch welchen dahab. Ich geh mal schnell gucken.» Im Eilschritt flüchte ich in die Küche. Ich muss Zeit gewinnen, um nachzudenken.

Leider kommt mir der Vollhorst schon hinterhergetappt. Wenigstens hat er sich seine Boxershorts wieder angezogen. Mit Playboy-Häschen bedruckte Boxershorts. Er setzt sich breitbeinig an den Küchentisch, lässt seine Fingergelenke knacken und grinst mich an: «Knaller-Nacht, gestern, was? Sach ma, wie heißt du eigentlich? Kamen wir ja gestern irgendwie nich zu, hehehe.»

Dieses Grinsen macht mich wahnsinnig. Wie um Himmels willen kriege ich diesen Kerl wieder aus der Wohnung?

«Cobra. Ich heiße Cobra. Und, äh, wie heißt du?» Ich dachte, solche schlechten Dialoge nach einer gemeinsamen Nacht führt man nur in ebenso schlechten Filmen.

«Cobra? Hahaha, Cobra wie Jürgen Wegmann? Das ist ja geil.»

«Jürgen Wegmann? Wer ist Jürgen Wegmann?» Eigentlich will ich's gar nicht wissen, aber über irgendwas muss ich ja mit dem Mann reden, mit dem ich gestern eine «Knaller-Nacht» verbracht habe.

«Ey, jetzt sach bloß, du kennst Jürgen ‹die Cobra› Wegmann nicht. Der hat in den Achtzigern bei Borussia, Schalke und Bayern gespielt. Und den genialen Satz gesagt: ‹Zuerst hatten wir kein Glück, und dann kam auch noch Pech dazu.› Haha, Knaller, was?»

«Ja. Klar. Total.» Ich finde den Satz eigentlich nicht besonders lustig. Ganz und gar nicht.

«Ich bin übrigens der Benno. Na ja, die Hand muss ich dir jetzt wohl auch nicht mehr geben, was? Hahaha!»

Ich habe selten so an meiner Zurechnungsfähigkeit gezweifelt wie in diesem Moment. Okay, dass man sich Menschen schöntrinken kann, weiß ich auch. Dass mit ein bisschen Rotwein und Wodka intus *alle* ästhetischen und geschmacklichen Mindestanforderungen über Bord gehen, war mir allerdings neu. Ob meine Ohnmacht heute Nachmittag vielleicht einen irreparablen Gehirnschaden hinterlassen hat? Ob ich nun mein restliches Leben lang nur noch prollige Machos gut finden kann? Vielleicht hat mir jemand was in mein Getränk geschüttet? Kennt man doch. Meine Mutter warnt mich da wöchentlich vor, seit ich im Sündenbabel Hamburg wohne. «Junge Frau in Disco mit K.-o.-Tropfen sexuell gefügig gemacht» und so. Hach, schön wär's, aber mir ist schon ziemlich klar, dass ich den nervigen Fußballfan hier in meiner Küche ganz allein zu verantworten habe.

«Was ist denn nun mit Kaffee? Noch welcher da? Ich würde ja auch Brötchen holen gehen, aber ich find's hier gerade so gemütlich.» Benno greift nach dem Sportteil der *Süddeutschen*, die auf dem Küchentisch liegt, und vertieft sich in die Bundesliga-Tabelle. Es sieht nicht danach aus, als würde er in den nächsten Stunden das Haus verlassen wollen. Aber ich kann ihn ja auch nicht einfach so rausschmeißen, oder? Immerhin hatte ich letzte Nacht, auch wenn ich mich nicht mehr daran erinnern kann, äh, Sex mit ihm. Wäre irgendwie unhöflich oder so. Also stelle ich lautlos seufzend die Espresso-Kanne auf die Herdplatte. Brötchen werde ich aber ganz sicher nicht holen gehen. Ich bin doch keine Frühstückspension. Außerdem würde ich sowieso noch nichts anderes runterkriegen als Aspirin.

«Morgen, Cobra.»

Ach du liebe Güte, Laura. Die hat mir gerade noch gefehlt. «Und, guten Morgen, äh …» Sie schaut erst mich und dann meinen Übernachtungsgast und dann dessen Playboy-Boxershorts erwartungsvoll an.

«Ach so, ja, das ist Horst. Äh, Quatsch, Benno. Benno, das ist Laura.»

«Benno, aha. Hallo, Benno.»

Ich will überhaupt nicht wissen, was Laura jetzt von mir denkt. Ihr Blick und ihr Tonfall sprechen jedenfalls Bände.

«Moin, Laura. Wohnst du auch hier? Schön habt ihr's hier. Was zahlt ihr denn so?»

Wahrscheinlich will der Horst jetzt auch noch einziehen. Wo man hier doch so easy an Sex und frisch gebrühten Kaffee kommt.

«Ist nicht so teuer. Und jetzt muss ich leider auch schon

wieder los. War ausgesprochen nett, dich kennen zu lernen. *Benno.*» Schon wieder dieser Unterton. Laura schenkt mir noch ein kühles Lächeln, dann geht sie. Am liebsten würde ich ihr hinterherlaufen.

«Auch nicht von schlechten Eltern, deine Mitbewohnerin», sagt Benno und schnalzt mit der Zunge. Ich glaube, ich muss gleich nochmal kotzen.

«Der Kaffee ist fertig. Zucker steht dahinten im Regal. Ich geh mal duschen, okay?» Eine bessere Fluchtmöglichkeit fällt mir leider nicht ein.

«Alles klärchen, Schöne. Ich find mich schon zurecht. Oder soll ich mitkommen?» Schon wieder dieses Grinsen.

«Äh, nee, lass mal. Das schaff ich schon alleine.»

Während ich brühheißes Wasser über meinen verkaterten Körper laufen lasse, versuche ich noch einmal, den Abend zu rekonstruieren. Aber möglicherweise will ich das auch alles gar nicht wissen. Bestimmt hat sich mein Gehirn aus Selbstschutzgründen, aus Mitleid einfach ausgeklinkt. Das wird schon wissen, was es tut, da sollte man vielleicht gar nicht weiter nachbohren. Was hab ich mir bei dieser Aktion eigentlich gedacht? Ich war ja nicht das erste Mal so betrunken, aber bisher habe ich noch nie so einen Mist fabriziert.

Zehn Minuten später stehe ich immer noch unter der heißen Dusche. Ich will nicht mehr zurück in die Küche, da muss ich wieder mit dem Horst reden. Es klingelt an der Tür, aber ich habe keine Lust, aufzumachen. Dafür müsste ich ja aus der Dusche raus. Es klingelt noch einmal. Warum macht denn keiner von den anderen auf? Claas zum Beispiel. Und wo ist eigentlich Pekka? Ist der nicht da?

Ich drehe den Wasserhahn zu und greife nach dem Handtuch. Doch da brüllt Benno: «Ich geh schon!», und ich höre, wie die Wohnungstür geöffnet wird.

«Moinsen.» Er fühlt sich tatsächlich schon wie zu Hause hier.

«Äh, Morgen. Ich würde gerne zu …» Die Stimme kenne ich doch. Das ist doch … O Gott!

Ich muss Schlimmeres verhindern, sofort! Hastig wickele ich mich in das Handtuch und stürme aus dem Bad, doch da ist es schon zu spät.

«Du willst bestimmt zu einer der beiden Perlen, die hier wohnen, stimmt's oder hab ich Recht?», dröhnt Bennos Stimme durch den Flur. «Aber du bist spät, Kumpel, die eine ist gerade weg und die andere, die Spitzenperle, hab ich gestern Nacht schon aus ihrer Auster geholt, wenn du verstehst, was ich meine, höhöhö.»

Ich bin mittlerweile an der Wohnungstür angekommen, und natürlich, natürlich steht da Tim.

«Ach, da kommt sie ja schon, die Spitzenperle. Na, Schöne, biste wieder sauber?»

«Kannst du bitte mal kurz die Klappe halten, Benno? Danke. Tim, also, das ist jetzt *absolut* nicht so, wie es aussieht.» Heute ist wirklich der Morgen der Sätze aus schlechten Filmen.

«Ich wollte eigentlich nur nochmal mit dir reden, wegen dieser Ohrring-Geschichte gestern. Aber das hat sich damit» – er wirft Benno einen vernichtenden Blick zu – «ja offensichtlich erledigt. Mach's gut.» Er dreht sich um und geht.

«Hups, da hab ich wohl was Falsches gesagt.» Benno sieht aufrichtig geknickt aus. «War das dein Süßer? Sorry, konnte ich ja nicht wissen. Soll ich hinterher und mit ihm reden?»

Ich schüttele den Kopf. «Nee, lass mal. Aber ich wäre jetzt, ehrlich gesagt, gern allein.»

«Alles klar, ich versteh schon. Heute ist ja übrigens auch

Freitag, der Dreizehnte. War ja vorauszusehen, dass noch irgendeine Scheiße passiert. Dabei hat der Tag so gut angefangen, oder nicht?»

Mein schiefes Grinsen scheint ihn nicht wirklich zu überzeugen.

«Okay, ich würde sagen, ich zieh mich an und geh dann mal.»

Fünf Minuten später ist Benno tatsächlich endlich weg, und während ich mich anziehe, überlege ich, ob ich Tim anrufen soll. Aber was hätte das für einen Sinn? Die Situation war eindeutig, da komme ich nicht mehr raus. Und «Ich kann nichts dafür, ich war so betrunken»-Rechtfertigungen werden ihn auch nicht versöhnlicher stimmen. Aber andererseits kann ich das jetzt auch nicht einfach so stehen lassen. Für ihn würde es doch dann so aussehen, als wäre ich mit Benno zusammen. Ich muss das klären. Und zwar am besten gleich.

Ich renne aus dem Haus, Tim hinterher. Zum Glück ist er noch nicht besonders weit gekommen, so langsam, wie er geht. Keuchend hole ich ihn ein.

«Tim, bitte!»

«Was?» Mit leerem Blick dreht er sich zu mir um.

«Es tut mir so Leid. Ich will mich ja gar nicht für die Aktion eben rechtfertigen, die war einfach nur Scheiße, aber du sollst wissen, dass dieser Typ mir gar nichts bedeutet und dass ich ihn auch nicht wiedersehen werde. Du bist der einzige Mann, der mir wichtig ist, und ich würde alles tun, damit wir wieder zusammenkommen.»

«Davon merkt man allerdings nicht viel, Cobra. Erst machst du mir gestern eine total unangebrachte Szene wegen Tini, und dann hüpfst du gleich danach mit jemand anderem in die Kiste. Du hast jetzt schon das zweite Mal mit einem anderen Typen geschlafen. Was glaubst du eigentlich, wie das bei mir ankommt?» Er ballt die Fäuste, und seine Augen glitzern verräterisch. «Ich kann das alles nicht einfach so vergessen und dir verzeihen, Cobra. Selbst wenn ich wollte. Dafür ist zu viel passiert.»

«Aber … Aber … Fehle ich dir denn gar nicht? Liebst du mich denn nicht mehr?» Jetzt laufen mir die Tränen übers Gesicht.

«Natürlich fehlst du mir. Sehr. Ich wollte mein Leben mit dir teilen, Cobra. Aber ich habe in den letzten Wochen viel nachgedacht. Ich kann so nicht einfach weitermachen. Da ist es auch mit einer Pause nicht getan. Unsere Beziehung ist gescheitert. So weh mir das auch tut, es ist wohl besser für uns beide, wenn wir einen Schlussstrich ziehen und uns endgültig trennen. Vielleicht können wir ja einmal Freunde sein. Irgendwann. Ich wünsche dir alles Gute. Leb wohl.» Er dreht sich um und geht.

Lässt mich einfach stehen. Ich bin fassungslos und heule laut los. Das war's jetzt also? Das war's jetzt also endgültig? Sechs Jahre Beziehung, einfach so weggeworfen?

Ich wanke benommen zurück in die Wohnung. Nachdem die ersten Schrecksekunden überwunden sind, beruhige ich mich wieder ein bisschen. Dass Tim mir meinen Seitensprung nicht verzeihen würde, war eigentlich von vorneherein klar. Er hat jetzt bloß das ausgesprochen, was ich die ganze Zeit verdrängt habe. Plötzlich wird mir sehr bewusst, dass ich schuld bin an dieser ganzen Scheiße. Dass nicht Tim der Böse ist, weil er mir nicht verzeiht, sondern ich verantwortlich bin, weil ich mich egoistisch und selbstgerecht verhalten habe.

Ich hab's einfach wieder einmal total verbockt. Freitag,

der Dreizehnte! Manchmal habe ich das Gefühl, mein ganzes Leben ist ein einziger Freitag, der Dreizehnte.

Aber, Moment mal ... Verdammt! Heute muss ich ja mein Referat halten! Und zwar genau in – vierzig Minuten. Vierzig Minuten, in denen ich mich richtig anziehen, die Haare föhnen, den Stoff nochmal durchgehen, eine PowerPoint-Präsentation und ein Handout erstellen, meinen Kater und meinen Kummer überwinden und mit dem Rad zur Uni sausen muss. Ich fühle mich wie dieses doofe Kind in der alten Kellogg's-Frosties-Werbung, das immer so weinerlich zu Tony, dem Tiger, «O Mann, Tony, das schaffen wir nie!» gesagt hat. Dann gab's ein Schälchen Cornflakes, und danach klappte natürlich alles. Aber ich hab leider keine Zeit für Frühstückszerealien. Es muss auch ohne Tiger gehen.

Als Erstes ein Aspirin. Dann schnell den Computer einschalten, währenddessen den Föhn auf höchste Stufe angeschmissen. Richtig trocken werden die Haare so nicht, aber Wet-Look ist ja wieder modern. Mittlerweile ist der PC hochgefahren. Zum Glück kann ich PowerPoint-Präsentationen in kürzester Zeit und einhändig erstellen, da habe ich genug Training. Außerdem kommt es bei Uni-Referaten sowieso nicht wirklich auf den Inhalt an. Die Professoren sind meist schon derart beeindruckt, wenn man mit dem Beamer umgehen kann, dass sie den Vortrag von vornherein für kompetent und gut vorbereitet halten. Das Handout spare ich mir jetzt, das kann man problemlos mit irgendwelchen Floskeln begründen, so etwas wie «Das Handout wird dann erst ab morgen im Ordner in der Bibliothek eingestellt; ich möchte die Ergebnisse der Diskussion noch mit einarbeiten» zieht immer.

Das Fachliche wäre somit einigermaßen vorbereitet,

emotional herrscht allerdings immer noch Chaos. Ich muss jetzt versuchen, das irgendwie auszublenden. Verdrängen! Ich kann mir nicht erlauben, dieses Referat zu verhauen, sonst wird das dieses Semester wieder nix mit dem letzten Schein und dem Magister. Also tief durchatmen und los geht's.

Es sind jetzt noch genau zwölf Minuten Zeit bis zum Seminarbeginn. Das schaffe ich, rauf aufs Rad und los. Aber halt – wo ist denn jetzt mein verfluchtes Fahrrad? Geklaut? Ich schließe das doch immer hier vorm Haus an. Ach ja, Mist, das steht noch am Hein-Köllisch-Platz. Ich bin ja gestern Abend zusammen mit meinem Aufreißerkönig Taxi gefahren. Das werde ich jetzt zwangsläufig wohl wieder tun müssen, sonst schaffe ich das nämlich nie. Mit meinem Bully kann ich nicht fahren, der hat wegen Geldmangels leider einen komplett leeren Tank.

Meine Güte, hoffentlich sieht mich jetzt keiner. Mit dem Taxi zur Uni, wie dekadent ist das denn bitte!

Ich halte einen Wagen an, springe rein und rufe: «Zur Uni bitte, schnell!» Der Fahrer wirkt zu Recht etwas perplex. Hoffentlich ist es nicht derselbe, mit dem ich gestern schon halb kopulierend vom *Pudel* nach Hause gefahren bin.

Das Taxi bringt mich zum Rand des Campus. Die letzten Meter renne ich. Bitte, bitte, lass einen Fahrstuhl da sein! Dieser furchtbare Turm, in dem die Geisteswissenschaften untergebracht sind, hat vierzehn Stockwerke, Tausende von Studenten und seit fast einem Jahr nur drei funktionierende Aufzüge. Das bedeutet meistens zehn bis fünfzehn Minuten Anstehen, bis man sich endlich in einen hineinquetschen kann. Es ist die Hölle, aber noch lange nicht so schlimm, wie vierzehn Stockwerke zu Fuß zu erklimmen. Mein Seminar heute ist im elften Stock. Wenn ich das laufen würde, bräuchte es wahrscheinlich mindestens eine halbe Stunde, bis ich wieder genug Luft bekäme, um reden zu können. Ich sollte mehr Sport machen. Gleich morgen fange ich damit an.

Zum ersten Mal an diesem Tag scheine ich Glück zu haben: Unter dem Murren der anderen Studenten kann ich mich mit etwas Gewalt noch in einen der dicht besetzten Aufzüge drücken. Für meine chronische Klaustrophobie habe ich heute keine Zeit. Ich schließe die Augen und hoffe, dass ich schnell oben ankomme.

Geschafft: nur zwei Minuten zu spät. Meine Kommilitonen sitzen zwar alle schon brav auf ihren Plätzen, aber der Prof ist noch nicht da. Das ist gut, so muss ich meinen Vortrag nicht gleich mit einer Entschuldigung beginnen. Das könnte meinen «Oh, sehr gut, Frau Brandt, Sie arbeiten mit PowerPoint!»-Vorsprung wieder zunichte machen.

Professor Dr. Bergmann ist heute richtig spät. Nach einer Viertelstunde ist er immer noch nicht da, ich habe sogar noch Zeit, ein Schaubild an die Tafel zu malen. Dann kommt eine Sekretärin aus dem Geschäftszimmer und bittet uns um Verständnis; der Herr Professor sei vorher noch auf einer wichtigen Tagung gewesen und stehe nun im Stau. Na dann. Murren unter meinen Kommilitonen, einige stehen auf und gehen. Mir ist das alles sehr recht, so kann ich mich wenigstens noch ein bisschen vorbereiten. Und je weniger Leute da vor mir sitzen, desto besser.

«Meine Damen und Herren, es tut mir sehr Leid, fangen wir gleich an.» Bergmann betritt mit wehenden Haaren den Raum und knallt seine Aktentasche auf den Tisch.

«Ah, Frau Brandt, ich sehe, Sie haben schon alles vorbereitet. Schön. Und Sie arbeiten mit PowerPoint, sehr gut! Dann legen Sie mal los.»

Die ersten zehn Minuten laufen überraschenderweise ganz ordentlich. Ich höre mir selbst beim Reden zu, interessant, was ich da alles erzähle. Aber dann kommt mir der Schlaumeier mit der schwarzen Hornbrille, der schon während der vorherigen Sitzungen mit seiner Klugscheißerei allen auf die Nerven ging, in die Quere.

«Entschuldige, aber was du bisher ja noch gar nicht angesprochen hast, ist die Betrachtung des Themas unter poststrukturalistischen bzw. dekonstruktivistischen Gesichtspunkten. Kommt das noch?»

Diese Scheißfrage hat er bis jetzt bei *jedem* Referat gestellt. Der Kerl heißt Jan Müller und gehört zu der gefürchteten «Derrida-Clique», das ist eine Gruppe von fünf Studenten, die alle mindestens schon im 18. Semester sind, die gleichen Brillen tragen und sich seit Beginn ihres Studiums eigentlich mit nichts anderem als Literaturtheorie beschäftigen. Und das lassen sie bei jeder Gelegenheit raushängen. Jeder hasst sie, sie selbst sehen sich dagegen als eine Art Bildungselite innerhalb der Hamburger Literaturwissenschaft, die Wächter des Niveaus und Anspruchs. Sie scheinen sich am Anfang des Semesters strategisch über alle Seminare zu verteilen, von denen sie glauben, sie könnten zu seicht werden. Und der Laberkopf, der in meinem Kurs sitzt, ist der schlimmste.

Ich verstehe nicht, wieso die Dozenten das nicht durchschauen. Bergmann geht jedes Mal wieder darauf ein.

«Ein hochinteressanter Aspekt, Herr Müller, sehr gut. Frau Brandt, haben Sie dazu etwas vorbereitet?»

Verdammt. Habe ich natürlich nicht. Ich hasse Literaturtheorie, das hat mir noch nie Spaß gemacht. Klar habe ich die nötigsten Grundlagen drauf, aber so fit, dass ich die mal eben so aus dem Ärmel schütteln und auf mein Referatsthema anwenden könnte, bin ich auch nicht. Wie komme ich denn jetzt am besten da raus?

Ein Blick auf die Uhr rettet mich. «Äh, in Anbetracht der Tatsache, dass wir diesmal nur die Hälfte der Zeit zur Verfügung haben, würde ich gerne auf diesen sicherlich sehr interessanten Exkurs verzichten und in meiner Gliederung fortfahren.» Ob er das schluckt?

«Ja, da haben Sie Recht. Machen Sie weiter.»

Puh. Der Rest des Referats verläuft etwas schleppend, aber nicht auffällig schlecht. Wenn die Hausarbeit, die ich ja danach auch noch schreiben muss, einigermaßen okay ist, dann dürfte es wohl für einen Schein reichen.

Ziemlich geschafft verlasse ich nach der Sitzung den Seminarraum. Was für ein Tag! Ich brauche dringend etwas zu essen. In der Mensa gibt es heute Grießbrei. Das ist ziemlich toll; süße, breiartige Lebensmittel haben mich schon immer getröstet, wenn alles doof war. Ich löffele mir einen großen Teller voll, rote Grütze obendrauf, und hole mir aus dem Automaten noch einen Kaffee. Mit dem Tablett in der Hand stehe ich etwas unschlüssig herum und überlege, ob ich gleich noch einen Doughnut mitnehmen sollte. Ach nee, doch nicht. Sonst fühle ich mich nachher wieder so schuldig. Es ist furchtbar, eigentlich habe ich gar nicht so schlimme Probleme mit meinem Gewicht – klar, drei Kilo weniger wären immer besser –, aber trotzdem kriege ich es nicht hin, zu essen, ohne zwischen *guten* und *bösen* Lebensmitteln zu unterscheiden. Grießbrei an sich ist ja schon *böse*, aber Doughnuts kann man ohne weiteres als Osama bin Laden unter den Lebensmitteln bezeichnen.

Gedankenverloren laufe ich Richtung Kasse, als es plötzlich laut klirrt, mir Kaffee über die Hose läuft und ein unglaublich schriller Schrei tief in mein katergeschädigtes Hirn vordringt.

«Meine Bluse! Bist du total bescheuert? Kannst du nicht aufpassen, du blöde Kuh?»

Ich brauche einen kurzen Moment, um zu erfassen, was passiert ist. Ich habe offenbar wirklich nicht aufgepasst und jemanden umgerannt. Einen sehr empörten Jemand. Genauer gesagt eine total hysterische Tussi, der gerade eine Mischung aus Grießbrei und Menü zwei, der «vegetarischen Alternative», das sie offenbar auf ihrem Tablett hatte, die weiße Bluse herunterläuft. Ich hingegen habe zum Glück nur ein bisschen von meinem Kaffee abgekriegt.

«Oh, Scheiße, das tut mir Leid. Ich hab dich gar nicht gesehen», stammele ich schuldbewusst.

«Das habe ich gemerkt», faucht sie zurück. «Hast du keine Augen im Kopf? Sieh dir das mal an – die Bluse ist ruiniert. Die ist von Gucci! Die wirst du mir ersetzen!»

Das hat mir gerade noch gefehlt. Ich bin doch sowieso schon pleite, wie soll ich denn da bitte noch fremde Gucci-Blusen bezahlen? Momentan reicht es ja nicht einmal für eine eigene bei H&M.

«Das kann man sicher auswaschen. Wenn du es sofort nass machst, dann geht das bestimmt wieder raus», übe ich mich in Schadensbegrenzung. «Lass uns doch gleich runter zu den Toiletten gehen, du wirst sehen, da bleibt nix zurück.»

«Das glaubst du doch selber nicht», zischt die Gucci-Tusse, kommt aber mit in Richtung Waschraum. Von links nähert sich nämlich schon eine aufgebrachte Mensa-Angestellte, die uns bedrohlich einen Eimer und einen Wischmopp entgegenstreckt. Und zur Hauptessenszeit den Boden der Mensa zu feudeln, darauf haben wir offenbar beide wenig Lust.

Unten in der Damentoilette zieht sie ihre Bluse aus. DEN Bauch hätte ich auch gern, aber dafür stehen auf ihrem Speiseplan wahrscheinlich auch nur Salat und Reis mit nix, das wären der Mahatma Gandhi und die Mutter Teresa unter den Lebensmitteln.

Wenigstens hat ihr BH von La Perla nicht auch noch was abbekommen, sonst hätte ich einen Kredit aufnehmen müssen. Während ich eifrig versuche, die Mischung aus Grießbrei und Tofu-Ragout auszuwaschen, zündet sie sich eine Zigarette an und regt sich allmählich wieder ab.

«Tut mir wirklich total Leid. Aber siehst du, es geht eigentlich ganz gut raus.»

«Ja, schon gut. Das Teil war sowieso vom letzten Jahr. Jetzt hab ich wenigstens einen guten Grund, mir was Neues zu kaufen. Bist du immer so verpeilt?»

«Ich? Ja. Äh, nein. Heute ist ein absoluter Dreckstag. Wenn du's genau wissen willst: Ich bin heute Morgen verkatert in meinem Bett neben einem Typen aufgewacht, der sich nüchtern betrachtet als ziemlich panne und peinlich herausgestellt hat und außerdem nicht nach Hause gehen wollte, dann hat mein Ex-Freund geklingelt, um noch einmal mit mir zu reden, nachdem ich gestern herausgefunden habe, dass er wahrscheinlich was mit einer Freundin von mir anfängt, und zwar ausgerechnet mit Tini, der Chihuahua-Schlampe, und dann hat der Horst von letzter Nacht auch noch meinem Ex die Tür aufgemacht, als ich gerade unter der Dusche stand, und jetzt kann ich wohl vollkommen vergessen, dass Tim und ich jemals wieder zusammenkommen. Und eben musste ich auch noch schlecht vorbereitet ein Referat halten, das mir fast einer aus der Derrida-Clique versaut hätte. Na ja, und jetzt stehe ich hier und wasche Tofu von einer Gucci-Bluse.»

«Das klingt wirklich nach einem scheiß Tag. Wer oder was ist denn ein Derrida?»

Offensichtlich studiert die Gucci-Frau nichts Geisteswissenschaftliches.

«Nicht so wichtig. Viel schlimmer ist die Sache mit Tim

und Tini und dem Horst.»

«Du hast tatsächlich mit einem Typen namens Horst geschlafen? Hihihi, kein Wunder, dass es dir heute scheiße geht», kichert sie.

«Nein, der hieß Benno. War allerdings vom Typ her ein ziemlicher Horst. Fußballfan und so. Bisschen prollig.»

«Ach, Benno! Dunkle, leicht lockige Haare, etwa 1,90 groß? Der ist doch gar nicht so schlecht im Bett. Ganz entspannter Typ.»

«Wie, du hast auch mit dem geschlafen? Das gibt's ja gar nicht, das ist ja ein unglaublicher Zufall.» Ich bin wirklich platt.

«Na ja, so ein großer Zufall ist das wahrscheinlich gar nicht. Hamburg ist doch ein Dorf. Und Benno lässt nichts anbrennen, der hat, soweit ich weiß, schon die halbe BWL-Fakultät durch. Ich empfehle ihn aber auch gerne weiter. Guter Typ für einen ordentlichen One-Night-Stand, ich weiß gar nicht, was du hast.»

Ach du liebe Güte. One-Night-Stand. Bisher war das immer etwas, das mit meinem Leben nicht viel zu tun hatte. Aber das ist wohl genau das, was da gestern Nacht abgelaufen ist. My first One-Night-Stand! So fühlt sich das also an. Und was finden daran bitte alle so toll? Mir ist das alles eher peinlich.

«Wie heißt du eigentlich?», frage ich, um das Thema zu wechseln.

«Bunny. Und du?»

«Bunny? Du heißt Bunny? Was ist denn das für ein bescheuerter Name. So heißt doch kein Mensch.»

«Ich schon. Wie heißt du denn?»

«Cobra.»

«Also, dazu sage ich jetzt nichts. Natürlich heiße ich nicht wirklich Bunny, sondern Bianca Hase. Aber mit so einem langweiligen Namen kann man ja schlecht Männer kennen lernen. Bunny ist super, das bringt gleich die richtigen Assoziationen mit ins Spiel. Und wer hat dir Tiernamen gegeben?»

«Tiernamen? Äh, ach so. Na ja, das ist eigentlich nur eine Mischung aus meinem Vornamen und dem Nachnamen. Ich finde Cornelia einfach furchtbar, und Conny ist noch schlimmer. Da denkt ja jeder gleich an Ponyhof.»

«Okay, dann haben wir das ja geklärt. Aber was hat dir denn jetzt bitte schön an Benno nicht gepasst? Das würde mich schon interessieren. Ich hatte jedenfalls schon schlimmere Kandidaten.»

Ist das jetzt ihr Hobby oder was?

«Hm, also irgendwie war der nicht mein Typ, glaube ich. Abgesehen davon finde ich diese ganze Sache mit den One-Night-Stands sowieso nicht so toll. Besonders nicht am Morgen danach. Und außerdem wollte Benno nicht nach Hause gehen, das war anstrengend.»

«Schätzchen.» Bunny steht vor mir, immer noch ohne Bluse, nur im BH, und stemmt die Hände in die Hüften. «Schätzchen, warum gibst du dir das auch? Immer zu ihm, nie zu dir, lautet doch die goldene ONS-Regel. Dann kannst du gehen, wann du magst, und du sparst dir jedes unnötige Geplänkel mit ungeputzten Zähnen am Morgen danach. Außerdem weiß der Typ dann auch nicht, wo du wohnst, was auch äußerst wichtig ist. Ich hab das einmal verbockt und nie wieder. Da stand der Kerl dann eine Woche später unangemeldet bei mir auf der Matte und dachte, da ginge noch was. Der lohnte allerdings keine Wiederholung. Das musste ich ihm dann leider auch so deutlich sagen, das war für uns beide ziemlich unangenehm.»

Aha. Eine Wissenschaft für sich, offenbar.

«Ich glaube, ich lasse das lieber eher bleiben, mit diesen One-Night-Stands. Eigentlich will ich ja auch meinen Exfreund Tim zurück und nicht mit irgendwelchen fremden Typen ins Bett. Aber jetzt macht sich ja die doofe Tini an ihn ran, und es ist wahrscheinlich sowieso schon alles zu spät.»

«Wie, und da willst du einfach aufgeben und tatenlos zusehen? Warum das denn?»

«Was soll ich denn machen?»

«Kämpfen. Beziehungsweise erst einmal die Konkurrenz ausschalten. Das ist doch ganz klar. Sie ist eine Freundin von dir, hast du gesagt?»

«War sie wohl eher. Nach dieser Aktion ganz sicher nicht mehr», grolle ich.

«Lass sie das auf keinen Fall wissen! Sei weiterhin nett zu ihr, bleib mit ihr in Kontakt, dann hast du sie viel besser unter Kontrolle!»

«Meinst du?» Der Fleck auf der Bluse ist mittlerweile kaum noch zu sehen, und ich halte sie zum Trocknen unter den Handtrockner. Gar nicht mal so blöd, die Gucci-Frau. Wie sagte schon Don Michael Corleone in «Der Pate», Teil zwei: Deine Freunde müssen sich bei dir sicher fühlen, aber deine Feinde noch mehr.

«Klar! Und du kannst dich viel subtiler an ihr rächen. Ich hatte mal eine ähnliche Situation mit einer *Freundin*, die mir den Mann wegschnappen wollte, auf den ich es abgesehen hatte. Mir hat das am Ende sogar richtig Spaß gemacht, die

Schlampe leiden zu lassen. Wenn du willst, kann ich dir gerne ein paar Tipps geben.»

«Hm, das ist keine schlechte Idee. Würde ich eventuell drauf zurückkommen.» Bunny könnte mein Consigliere werden, mein Berater, so wie der Anwalt Tom Hagen bei der Corleone-Familie.

«Ich geb dir meine Handynummer, wenn du willst, können wir ja mal einen Kaffee trinken gehen.»

«Und du bist echt nicht mehr sauer wegen der Bluse?»

«Na ja, dankbar bin ich dir natürlich nicht für die Aktion. Aber du hast ja offensichtlich auch noch genug anderen Ärger am Hals. Außerdem waren wir mit demselben Typen im Bett, das verbindet ja auch irgendwie.»

Oh, wow, ob ich durch den Sex mit Benno jetzt wohl Mitglied einer riesigen solidarischen Schwesterngemeinschaft geworden bin, von deren Existenz ich vorher gar nichts wusste? Gibt es vielleicht sogar konspirative Versammlungen, bei Vollmond in irgendeiner Prosecco-Bar?

«Halt mich mal auf dem Laufenden, Süße, ja? Es interessiert mich brennend, wie deine Geschichte weitergeht. Hach, so ein bisschen Schlammschlacht ist doch immer wieder schön.» Bunny knöpft sich ihre Bluse wieder zu, wir tauschen unsere Handynummern aus, und sie haucht mir zwei Küsschen rechts und links auf die Wangen. So schnell kann man eine neue Freundin finden, ich bin wirklich überrascht.

«Ja, mach ich ganz bestimmt. Mach's gut, Bunny.»

«Ciao, Süße.» Sie trippelt davon. In solchen Schuhen könnte ich niemals laufen. Geschweige denn sie bezahlen. Ich muss sie nächstes Mal unbedingt fragen, wie sie sich als Studentin diese Klamotten leisten kann.

Nett war sie ja. Und ein bisschen weiblicher Beistand kommt mir im Moment sehr recht. Mit wem soll ich sonst über meine Männerproblematik reden? Hannah hat in Australien verständlicherweise nicht besonders viel Interesse daran. Laura kann mit meinem *Lebenswandel* nicht viel anfangen, mein Nonno ist zu romantisch für die heutigen harten Zeiten, und Pekka, na ja, okay, viele Frauen heulen

sich bei ihrem schwulen Kumpel aus. Aber ich muss mich da erst dran gewöhnen.

Bunnys Idee mit dem Racheplan geht mir nicht aus dem Kopf. Tini hat sich mit ihrer Angrab-Aktion wirklich danebenbenommen, so etwas macht man einfach nicht. Das ist fast so schlimm wie in «Der Pate», Teil zwei, als Don Michael von seinem Bruder Fredo verraten und deshalb fast umgebracht wird. Vielleicht sollte ich auch so eine dramatische Aussprache wie im Film mit ihr inszenieren: «Ich weiß, dass du es warst, Tini. Es bricht mir das Herz … Es bricht mir das Herz …» Aber dann müsste ich sie anschließend auch erschießen lassen, und ich kenne leider niemanden mit Waffenschein. Ich bin wohl doch eher Mädchen als Mafioso, trotz italienischer Vorfahren.

Wieder in der WG angekommen, laufe ich als Erstes Pekka über den Weg.

«Naaa», sagt er und grinst.

Verdammt, kann er sich nicht mal ein bisschen deutlicher ausdrücken? Ich habe keine Ahnung, was und wie viel er von meiner Aktion gestern Abend mitbekommen hat. Soweit ich mich erinnere, habe ich mit Benno den *Pudel* ziemlich schnell verlassen. Vielleicht weiß Pekka gar nichts, und freiwillig werde ich es ihm ganz sicher nicht erzählen.

Er grinst immer noch. Wissend. Mist.

«Was?» Ich setze trotzdem erst einmal mein Pokerface auf.

«Na, erzähl schon, wie war's denn noch mit Benno?»

Oha. Er ist besser informiert, als ich dachte. «Du kennst also auch schon seinen Namen? Hm, hast du uns gestern gesehen?» Wie unangenehm.

«Cobra, jeder kennt Benno. Das ist der größte Aufreißer unter der Sonne. Ich hätte nur nicht gedacht, dass du darauf abfährst. Aber warum nicht, er soll ja seine Qualitäten haben.»

Himmel, weiß eigentlich ganz Hamburg Bescheid über das Sexualleben dieses Typen? Hat Benno eine Kolumne im *Abendblatt*, in der er die Details seiner Wochenend-Aufrisse verarbeitet, oder was?

«Ja, ich weiß auch nicht, was da mit mir los war. Ich hatte wohl Lust auf ein bisschen Knutschen.»

«Ein bisschen Knutschen ist gut.» Pekkas Grinsen wird immer breiter. «Ihr habt eine ziemliche Show abgezogen, da auf der Tanzfläche. War aber gar nicht schlecht anzuschauen, in anderen Kiez-Clubs hätte man dafür einen Haufen Eintritt zahlen müssen.»

Mein Gesicht beginnt vor Scham zu brennen. Natürlich, wenn ich mich schon blamiere, dann richtig. Das ist zumindest eine Sache, die ich wirklich gut kann. Eins meiner wenigen Talente, würde ich sagen.

«Und als ihr abgezogen seid, hast du mich umarmt und gesagt: ‹Pekka, ich nehme jetzt diesen Typen mit nach Hause, und dann werde ich endlich mal wieder richtig ficken.›»

«Nein, hab ich nicht!», schreie ich. Ich kann mir nicht vorstellen, dass ich überhaupt in der Lage bin, so einen Satz auszusprechen. Andererseits dachte ich auch bis eben noch nicht, dass ich fähig bin, auf der *Pudel*-Tanzfläche eine Erotikshow abzuziehen. Nie wieder Alkohol! Ich werde mir das mit Kreuzstich auf einen Kissenbezug sticken.

«Na ja, und Laura hat mir natürlich schon brühwarm berichtet, dass heute Morgen ein fremder, halb nackter Mann in unserer Küche saß.»

«Liebe Güte, Pekka, das ist mir alles dermaßen peinlich. Ich will gar nicht wissen, was jetzt alle von mir denken. Aber du musst mir glauben, das ist echt nicht meine Art. Ich hab keine Ahnung, was gestern in mich gefahren ist.»

«Cobra, hey, beruhig dich doch erst einmal. Es ist doch nichts Schlimmes passiert. Du hast dich amüsiert, würde ich sagen. Klar haben das ein paar Leute im *Pudel* mitgekriegt, aber die waren eher angetan von deiner Performance.»

«Performance!», schnaube ich empört.

«Glaub mir, ich habe schon weitaus skandalösere Sachen im *Pudel* mitbekommen als einen Mann und eine Frau, die sich gegenseitig auf der Tanzfläche antörnen. Da denkt sicher jetzt niemand abfällig von dir. Für ein paar Typen bist du dadurch wahrscheinlich sogar erst richtig interessant geworden.» Er grinst und ich starre auf meine Füße.

«Und was da in dich gefahren ist, das kann ich dir auch sagen. Hey, du hast ein gebrochenes Herz, da ist man sehr anfällig für Aufmerksamkeiten von außen. Wenn ein Typ dich anmacht, dann streichelt das natürlich dein angeknackstes Selbstbewusstsein. Ich finde sowieso, dass One-Night-Stands eines der besten Mittel sind, um sich über verflossene Liebhaber hinwegzutrösten. Fuck the pain away, Cobra. Das kann dir zwar deinen Tim nicht ersetzen, aber es ist besser als nichts. Meiner Meinung nach war der Abend gestern ein Schritt in die richtige Richtung.»

«Ich weiß nicht. Heute Morgen hat mir das alles andere als ein gutes Gefühl gegeben. Ich habe mich nur noch beschissener gefühlt. Und dieser Benno war mir bei Licht und nüchtern betrachtet einfach nur noch peinlich.»

«Ach, keine Sorge, daran gewöhnt man sich. Zum einen wirst du mit der Zeit vielleicht nicht mehr so wahllos sein wie gestern und den Erstbesten nehmen, auch wenn er eigentlich gar nicht dein Typ ist. Zum anderen kann man die Situationen, die einem im Nachhinein unangenehm sind, auch ganz gut vermeiden. Wenn dir das peinlich ist, dass es alle mitgekriegt haben, dann sei doch beim nächsten Mal einfach diskreter und nimm ihn schneller mit raus. Und wenn du den Morgen danach nicht magst, dann geh halt mit zu ihm und hau ab, wenn dir danach ist.»

Pekka ist nun schon der Zweite an diesem Tag, der mir das predigt. Na gut, er ist eben schwul. Aber hat sich das wilde Rumgeschlafe mittlerweile eigentlich zu einer Art Religion mit Tausenden von Anhängern entwickelt, und nur ich habe nichts davon mitbekommen? Ich dachte immer, das wäre nur ein Mythos, der in den Medien verbreitet wird, ähnlich dem, dass man als Paar nach vier Jahren Beziehung und Zusammenwohnen immer noch mindestens fünfmal pro Woche guten Sex hat.

Aber vielleicht ist da ja wirklich etwas dran, und es würde sich lohnen, die Sache noch einmal anders anzugehen. Kann vielleicht nicht schaden, jetzt, wo ich sowieso von Tim getrennt bin, *ein paar Erfahrungen zu sammeln* – das klingt total nach dem *BRAVO*-Dr.-Sommer-Team, aber *durch die Gegend zu vögeln* wird der Sache auch nicht gerecht. Dann könnte ich später guten Gefühls mein restliches Leben mit ihm zusammenbleiben, ohne denken zu müssen, etwas verpasst zu haben.

«Und du meinst wirklich, das hilft?»

«Ich weiß nicht, ob es dir hilft, Cobra. Aber du könntest es zumindest ausprobieren. Ich finde, man sollte sein Leben jeden Tag so gut es geht auskosten und so viel mitnehmen, wie nur irgendwie möglich. Wofür existiert man denn sonst?»

«Apropos auskosten: Wo warst du eigentlich letzte Nacht, lieber Mitbewohner?»

«Der Gentleman genießt und schweigt, meine Dame», sagt Pekka und verschwindet in sein Zimmer.

Bei zu viel Verwirrung setzt bei mir sehr verlässlich ein Fluchtreflex ein. So auch dieses Mal wieder: Nachdem mich zwei Tage Grübeln über Bennos, Bunnys, Tims und Tinis nicht weitergebracht haben, habe ich die Stadt verlassen und mich aufs Land, in die Kontemplation zurückgezogen. Zumindest für ein paar Tage.

Ich habe mein Konto überzogen, den Bully voll getankt und bin nach Friesland zu meinen Großeltern auf den Hof gefahren. Eigentlich habe ich mich ja darauf gefreut, den ganzen Tag in der Hängematte zwischen dem Kirsch- und dem Pflaumenbaum zu liegen, zu lesen und mich von meiner Oma mit selbst gebackenem Apfelstreuselkuchen und Kartoffelsuppe verwöhnen zu lassen. Aber dann ist mein Nonno einen Tag nach meiner Ankunft von einer Leiter gefallen und hat sich den Fuß verstaucht und ich musste mit anpacken. Ich genieße ja Natur sehr viel lieber passiv als aktiv und hatte noch nie Spaß daran, Hühner zu füttern und Kühe zu melken, aber als brave Enkeltochter bleibt mir natürlich nichts anderes übrig. Eigentlich bin ich auch ziemlich stolz darauf, dass ich Kühe melken kann. Zwar nicht so schnell wie meine Oma, aber bei nur einer Kuh im Stall kommt es auch nicht so sehr darauf an, ob die jetzt zehn Minuten früher oder später fertig ist. Trotzdem bleibt mir die ganze Sache immer etwas unheimlich, und ich bin jedes Mal heilfroh, wenn ich es hinter mich gebracht habe. Die Kuh wahrscheinlich auch.

Mein Nonno sitzt den ganzen Tag auf dem Sofa und

macht sich einen Spaß daraus, meine Oma und mich herumzukommandieren. Wenn er die Arbeit schon nicht selbst erledigen kann, dann muss er natürlich wenigstens die volle Kontrolle darüber behalten.

«Piccolina, hast du schon die Bohnen gegossen? Und vorher musst du noch die Schnecken einsammeln, die fressen sonst alles ratzekahl. Und schau nach den Pomodori, Bambina, da müssten auch schon wieder einige reif sein. Und du, Margherita», so nennt er meine Oma immer, obwohl sie eigentlich ganz profan Margret heißt, «du könntest mir noch einen Caffè machen, sei doch so gut, Amore mio, ja?» Dabei setzt er solch ein leidendes Gesicht auf, dass man ihm natürlich keinen Wunsch abschlagen kann.

Wie gut es tut, mal wieder aus Hamburg draußen zu sein! Ich bin zwar mittlerweile ein richtiges Großstadtkind geworden, aber ab und zu brauche ich es, mal wieder weiter als bis zur Häuserzeile gegenüber gucken zu können. Letzte Nacht habe ich einen Spaziergang durch die Felder gemacht. Es war total schön draußen. Warm, Vollmond, richtig hell, und man sah trotzdem unglaublich viele Sterne. Diesen Himmel vermisse ich oft in Hamburg. Und manchmal auch die Ruhe und die Luft. Es riecht hier ganz anders. Klarer.

Bei meinen Großeltern kann ich wunderbar verdrängen. Hier ist alles wie immer, Hamburg und Tim und Abstürze und falsche Freundinnen sind ganz weit weg. Ich habe auch extra darum gebeten, nicht darüber reden zu müssen. Und da meine Großeltern im Gegensatz zu meinen Eltern wunderbar verständnisvoll sind, halten sie sich auch brav daran. Sorgenvolle Blicke werfen sie mir trotzdem zu.

Länger als drei, vier Tage lässt mir mein Kopf dann aber doch nie Ruhe. Irgendwann muss ich nach Hamburg zurück und mich dem Chaos stellen, ich kann ja schlecht mein

Studium abbrechen, für immer hier bleiben, einen feschen Jungbauern heiraten und den Landfrauen beitreten. Mit meinen mangelhaften Melkfähigkeiten und ohne anständige Mitgift nimmt mich hier sowieso keiner.

Den Nonno hält es nach drei Tagen Rumsitzen nicht mehr auf dem Sofa, und er humpelt trotz des Protestes meiner Oma wieder über den ganzen Hof, um zu sehen, ob Hühner und Bohnen die Zeit ohne ihn einigermaßen verkraftet haben. Ich werde also nicht mehr gebraucht und sammele meine Sachen zusammen. Wie jedes Mal darf ich nicht fahren, ohne dass meine Oma mir bergeweise selbst gemachte Marmelade, eingewecktes Obst, frisch gekelterten Apfelwein und meine Lieblingsmettwurst vom Dorfmetzger mitgibt.

«Das kann ich doch nie im Leben alles aufessen, Oma!»

Aber Protest ist natürlich sinnlos.

«Dann gibst du eben deinen Mitbewohnern was ab. Ihr Studenten seid doch froh, wenn mal wieder was im Kühlschrank ist. Keine Widerrede! Und fahr vorsichtig, ja? Dass du auch immer mit dem alten Ding durch die Gegend kurven musst! Wenn da mal was passiert, ich darf gar nicht dran denken.»

Den Vortrag über den Bully muss ich mir auch in schöner Regelmäßigkeit anhören. Ich liebe den grünen VW-Bus, er ist sogar noch ein bisschen älter als ich, und ich glaube felsenfest, dass ich darin auch gezeugt worden bin. Ich habe zwar nie explizit nachgefragt – über so etwas redet man bei uns zu Hause nicht –, aber es kommt ziemlich genau hin. Meine Eltern haben darin ihre Flitterwochen gemacht, und zufällig wurde ich neun Monate nach dem Urlaub geboren. Sie sind mit dem Ding damals bis nach Griechenland gefahren, und auch, als ich dann auf der Welt war, waren wir fast jeden Sommer damit unterwegs. Irgendwann zogen meine Eltern allerdings Pauschalurlaube mit Flug und Hotel und ich Reisen ohne sie vor, sodass der Bully ziemlich lange in unserer Garage vor sich hin gammelte. Als ich dann den Führerschein gemacht habe, hat mein Vater ihn mir überlassen, nur die Reparaturen musste ich selber bezahlen. Acht Jahre lang hat er nun schon tapfer mit mir durchgehalten. Mittlerweile kann ich ihn sogar als Oldtimer anmelden, das spart eine Menge Steuern und Versicherung.

«Ach, Oma, ich hab im Bully schon fast ganz Europa überlebt, da wird es für die Strecke Friesland–Hamburg ja wohl auch noch reichen. Außerdem pass ich doch immer auf, das weißt du doch.»

«Das will ich auch hoffen. In einem Auto ohne Airbags. Unverantwortlich ist das von deinen Eltern, dass sie dir aus lauter Geiz kein sicheres Auto kaufen, so einen schönen flotten Kleinwagen …»

Da würde ich mich bedanken. Nie im Leben würde ich den Bully gegen einen peinlichen und charakterlosen Polo oder Twingo eintauschen. Ich bin doch keine Hausfrau. Außerdem könnte ich mir dann gar keine Urlaube mehr leisten, für Hotels würde mein Budget niemals reichen, und wenn ich etwas hasse, dann ist es, im Zelt auf einer harten Isomatte zu schlafen. Nein, auf meinen Bully lasse ich nichts kommen, der ist perfekt.

«Nun lass sie doch fahren, Margherita mia», schaltet sich mein Nonno beschwichtigend ein, «sie ist doch ein vernünftiges Mädchen, das weißt du doch. Ciao, Piccolina!»

«Ciao, Nonno. Mach's gut, Oma. Und danke nochmal für die vielen leckeren Sachen.» Ich grinse. «Siehst du, wenn ich den Bus nicht hätte, könnte ich das gar nicht alles mitnehmen.»

Die zweieinhalb Stunden Fahrt bis nach Hamburg genieße ich. Gemütlich tuckere ich auf der rechten Spur über die Autobahn und höre dazu mein Lieblingstape aus meinem alten Kinderkassettenrecorder. Das eingebaute Autoradio funktioniert schon lange nicht mehr, sodass ich mich mit meinem batteriebetriebenen Ersatz zufrieden geben muss.
Der scheppert zwar ein bisschen, wenn man zu laut macht, aber sonst läuft er tadellos.

Kurz vor Hamburg schleichen sich langsam, aber sicher wieder alle weggeschobenen Probleme und Sorgen in meinen Kopf. Tim, mein Uni-Abschluss, mein peinlicher Auftritt im *Pudel* – alle trudeln sie nach und nach wieder ein und nehmen Platz in meinem Hirn, wo sie sich auch vorher schon ziemlich häuslich niedergelassen hatten. Auch ihr Urlaub scheint zu Ende, und sie machen sich wieder an die Arbeit, bohren und nagen und zermürben wieder eifrig drauflos.

Um mir die Rückkehr nach Hamburg so angenehm wie möglich zu machen, fahre ich über die Köhlbrandbrücke in die Stadt rein. Ich liebe den Blick von dort aus, man sieht den ganzen Hafen mit all seinen Containern und Kränen unter sich liegen, die großen Schiffe, die alle ein Stück weite Welt mit hereinbringen.

Wie toll muss das gewesen sein, als die Waren noch in Säcken und Kisten und nicht in genormten Containern verpackt waren und man noch sehen oder zumindest ahnen konnte, was sich darin verbirgt. Heute hat das Ganze ein bisschen was von einem überdimensionierten Legoland, in dem die Kräne Türme aus grünen, gelben und roten Steinen bauen, bevor die Schiffe wieder ablegen. Trotzdem ist es immer noch toll.

Als ich in der WG ankomme, sitzen meine Mitbewohner samt dem Ulf gerade gemeinsam in der Küche und essen Lauras frisch gebackene Waffeln. Sie begrüßen mich – und meine mitgebrachten Lebensmittel – mit solch einem großen Hallo, dass ich mich doch ziemlich schnell wieder zu Hause fühle. Irgendwie sind sie in der kurzen Zeit, in der ich hier wohne, schon ein bisschen Familienersatz geworden. Ich mag es, wenn Leute und Leben in der Wohnung sind. Ich bin Einzelkind und habe mich damals bei meinen Eltern oft zu Tode gelangweilt.

Laura nimmt mich zur Begrüßung in den Arm: «Schön, dass du wieder da bist, Cobra. Wir hatten schon Angst, du wärst wegen uns geflüchtet.»

«Nein, gar nicht. Ich musste nur mal raus, ein bisschen den Kopf leer bekommen. Aber jetzt freu ich mich auch, wieder hier zu sein.»

Wir benehmen uns alle ein wenig sehr pathetisch; ich war ja bloß vier Tage weg. Aber mir tut das gerade gut. Pekka hat den anderen bestimmt erzählt, wie es mir zurzeit geht und dass sie ein bisschen Rücksicht nehmen sollen. Er ist ja der Einzige aus der WG, mit dem ich ausführlicher über meinen Kummer geredet habe – und außerdem der, von dem ich mich am meisten verstanden fühle. Mein schwuler bester Freund – so langsam wird mein Leben zu einem heiteren Frauenroman.

Auch Pekka nimmt mich fest in seine tätowierten Arme und drückt mir einen Kuss auf die Stirn. Der Ulf sagt «Tach, Cobra» und lächelt dabei, was für ihn beachtlich viele Worte und Emotionen auf einmal sind. Claas sieht wieder einmal ziemlich entspannt aus und begrüßt mich mit seinem obligatorischen «Ey Cobra, was geht'n».

Wir sitzen noch den ganzen Nachmittag bei Waffeln

und Omas Apfelwein in der Küche. Pekka holt irgendwann sein Akkordeon und singt uns finnische Tangos vor, der Ulf schlägt auf der Tischplatte den Takt dazu, und Laura kann tatsächlich Claas dazu überreden, mit ihr zu tanzen. Es ist richtig nett. Abends gehe ich noch mit Laura, dem Ulf und Claas ins Kino, Pekka muss in die *Python Bar* zum Arbeiten. Nach längeren Diskussionen können wir uns auf einen alten Jim-Jarmusch-Film im 3001-Kino hier um die Ecke einigen, *Night on Earth*, der mit den Taxifahrern in fünf verschiedenen Städten. Ich kann ihn zwar schon halb auswendig, besonders die Episode in Rom mit Roberto Benigni, aber ich gucke ihn immer wieder gern. Der Film hat irgendwie so eine fröhliche Melancholie, auch wenn das widersprüchlich klingt. Aber oft weiß man einfach nicht, ob man über diese absurden Schicksale und Geschichten nun lachen oder weinen soll. Passt ganz gut zu meiner aktuellen Stimmung.

Nach dem Film gehen wir noch zusammen auf ein Bier in den *Saal II*, das Café schräg gegenüber unserer Wohnung. Ein richtig runder Abend also, und als ich gegen ein Uhr müde ins Bett falle, gönnen mir sogar die nagenden Sorgen in meinem Kopf eine Erholungspause und verhalten sich ruhig.

Gegen halb fünf weckt mich das letzte Bier, das mittlerweile in meiner Blase angekommen ist. Schlaftrunken wanke ich durch den dunklen Flur Richtung Bad, als plötzlich jemand vor mir steht.

«Nicht erschrecken», sagt dieser Jemand mit einer weiblichen Stimme. Ich erschrecke mich natürlich trotzdem zu Tode und bin schlagartig hellwach. Laura ist es nicht. Das kann nur ein Einbrecher sein, hämmert es in meinem Kopf, eine Einbrecherin, was soll ich denn jetzt machen, vielleicht ist sie bewaffnet?

«Keine Bewegung!», ist das Erste und wohl auch Dümmste, was mir einfällt. Himmel, wir sind doch hier nicht im *Tatort* und ich schon gar nicht der Kommissar. Glücklicher-

weise stehe ich aber direkt neben dem Lichtschalter, das ist schon eine bessere Idee. Dann kann ich wenigstens sehen, wer mich gleich erschießen wird.

Geblendet blinzeln sowohl ich als auch die Einbrecherin in das grelle Licht. Nach ein paar Sekunden kann ich endlich erkennen, wer mir da gegenübersteht: eine Frau mit langen blonden Haaren, etwa in meinem Alter, nur mit einem T-Shirt bekleidet. Unterwäsche trägt sie keine, das kann man deutlich sehen. Hm, wer geht denn so auf Diebestour? Exhibitionisten-Einbrecher?

«Sorry, ich wollte dich nicht erschrecken», sagt die Einbrecherin, «ich war nur kurz in der Küche, um mir ein Glas Wasser zu holen.» Das hält sie auch in der Hand. Aber deswegen ist sie doch sicher nicht bei uns eingebrochen.

«Ich bin, äh, eine Freundin von deinem Mitbewohner.» Dabei wird sie ein bisschen rot.

Eine Freundin von meinem Mitbewohner? Von Claas? Der war doch mit im Kino und im *Saal II*, wann soll er denn da bitte noch die Blondine aufgerissen haben? Wir sind doch gemeinsam nach Hause gegangen. Oder ist das eine alte Affäre von ihm, die er noch zu sich bestellt hat? Hätte ich ihm gar nicht zugetraut. Respekt.

«Ah, okay, alles klar», murmele ich. «Ich dachte erst, du wärst ein Einbrecher. Nichts für ungut. Viel Spaß noch.»

Blondie nickt mir zu und geht durch den Flur, allerdings an Claas' Tür vorbei. Ich will ihr schon zurufen, dass sein Zimmer hier vorne sei, da sehe ich den Aufdruck hinten auf ihrem T-Shirt. *Tangopojat* steht darauf – der Name von Pekkas Band. Das hat er heute Nachmittag noch getragen. Und die halb nackte Lady verschwindet auch tatsächlich in – Pekkas Zimmer.

Ich bin fassungslos. Was macht Pekka, der schwule Pekka, Pekka, der mit dem Argentinier Javier zusammen ist, was macht der bitte nachts mit einer halb nackten Blondine in unserer Wohnung? Wäre sie nur «eine Freundin», dann würde sie doch zumindest Unterwäsche tragen, wenn sie schon bei ihm übernachtet.

Ich kapier's nicht. Was ist da los? Warum betrügt er Javier – und dann auch noch mit einer Frau?

Komplett verwirrt gehe ich erst aufs Klo und dann zurück ins Bett. Da ist er mir aber eine Erklärung schuldig, der gute Pekka.

94 Am nächsten Morgen werde ich schon gegen acht Uhr morgens wach, weil mir die Begegnung von gestern Nacht nicht aus dem Kopf geht.

Vielleicht war das Blondie ja doch ein Einbrecher, und die Geschichte mit «eine Freundin von deinem Mitbewohner» ist ihre Standardausrede, wenn sie erwischt wird? Vielleicht hat sie damit schon ganze Einbruchsserien unbeschadet überstanden, weil gutgläubige WG-Bewohner niemals daran zweifeln mochten, dass sie der One-Night-Stand eines Mitbewohners ist. Vielleicht stiehlt sie immer nur Kleinigkeiten, Bargeld und CDs zum Beispiel, sodass es gar nicht auffällt, weil die Bestohlenen sich einfach nur wundern, dass sie schon wieder so knapp bei Kasse sind, oder sauer auf den Kumpel werden, weil der die vermeintlich ausgeliehene CD nicht mehr zurückgibt? Vielleicht ist die fehlende Unterwäsche nur eine Masche, um die Geschichte noch glaubhafter zu machen?

Aber das T-Shirt. Pekkas *Tangopojat*-T-Shirt. So raffiniert kann auch die raffinierteste Einbrecherin nicht sein. Sie muss also wirklich und tatsächlich was mit ihm gehabt haben. Mit dem schwulen Pekka. Unglaublich.

Gegen zehn höre ich endlich die Wohnungstür zuschlagen. Ich renne ans Fenster, und kurze Zeit später kommt die Blondine aus dem Haus heraus. Pekka, nun musst du mir endlich Rede und Antwort stehen!

Ich marschiere in die Küche, und tatsächlich steht er da auch, neben dem Herd, auf dem die Espresso-Kanne heiß wird. Er trägt nur Boxershorts und sein Band-T-Shirt, das Corpus Delicti sozusagen.

«Leugnen ist zwecklos! Ich weiß alles. Also, wer war diese Frau? Und vor allem: warum um Himmels willen eine *Frau*?», setze ich ihm die Pistole auf die Brust.

«Guten Morgen, liebe Cobra», gähnt Pekka mir entgegen. «Ja, ich habe ganz hervorragend geschlafen, danke der Nachfrage. Hattest du auch eine angenehme Nacht?»

«Komm schon, jetzt halt mich nicht hin. Ich hab dein Blondie gestern Nacht im Flur getroffen. Raus mit der Sprache. Warum war diese Frau bei dir?»

«Warum denn nicht? Sie sieht doch ziemlich gut aus. Ich hab sie gestern in der Bar kennen gelernt. Hast du die Beine gesehen? Ihre Beine sind der absolute Wahnsinn. Und die Brüste waren auch nicht von schlechten Eltern. Magst du auch einen Kaffee?» Seelenruhig nimmt er die brodelnde Kanne vom Herd.

Bisexuell. Natürlich. Da hätte ich aber auch schon früher draufkommen können. Pekka ist gar nicht schwul, sondern bisexuell. Das muss ich sofort Hannah mailen. Wenn das die ganzen *Python-Bar*-Groupiemädchen wüssten, die ihn immer anhimmeln, ohne sich Chancen zu erhoffen, hihihi. Ich kichere vor mich hin.

«Was findest du daran denn bitte so lustig?», fragt Pekka. «So lächerlich war sie doch nun wirklich nicht. Da war dein Benno schon eine ganze Ecke peinlicher, das musst du zugeben.»

«Ach, schon gut. Ich lache auch gar nicht über sie. Aber – was sagt denn eigentlich Javier dazu?» Ob der wohl von den Affären seines Freundes mit *Frauen* weiß?

«Was soll der denn bitte wozu sagen?» Pekka schaut mich verwundert an.

«Na ja, dazu, dass du mit dieser Frau … dann auch noch in der Bar … Ist er da nicht eifersüchtig?»

«Ach, Quatsch. Javier hatte gar kein Interesse an der Frau. Der ist doch schwul, weißt du das denn gar nicht? Ich dachte immer, das wüsste mittlerweile ganz Hamburg.»

Jetzt kapier ich wirklich überhaupt nichts mehr.

«Natürlich weiß ich, dass Javier schwul ist. Aber du … ihr seid doch zusammen …?»

«Javier und ich?» Pekka lacht laut los. «Quatsch. Ich stehe überhaupt nicht auf Männer. Warum denken das bloß immer alle? Du hast das auch gedacht? Wie lustig.»

«Äh, da bin ich aber auch nicht die Einzige. Deine gesamte weibliche Stammkundschaft in der Bar denkt das, soweit ich weiß.»

«Ach ja, keine Ahnung, woran das liegt. Seltsamerweise denken das aber auch nur Frauen. Von einem schwulen Mann bin ich noch nie angemacht worden. Javier hat auch sofort geschnallt, dass ich durch und durch hetero bin. Anfangs hat mich das schon ein bisschen verunsichert, dass alle Mädels mich für schwul halten, aber mittlerweile finde ich das ziemlich praktisch.»

«Praktisch? Wieso? Weil dich dann nicht so viele Frauen angraben und du deine Ruhe hast?»

«Ich verrat dir mal ein Geheimnis, Cobra. Das ist inzwischen fast schon so was wie meine Masche geworden, mein schwuler Ruf, deshalb gehe ich ja auch nie aktiv in der Öffentlichkeit dagegen an. Man kommt viel leichter mit einer tollen Frau ins Gespräch, wenn sie glaubt, dass man schwul ist. Sie fühlt sich nicht gleich angegraben wie bei anderen Männern, außerdem denkt ihr ja immer, dass schwule Männer besonders sensibel seien und euch Frauen sooo gut verstehen.»

Oha. Ich fühle mich ertappt.

«Na ja, dadurch komme ich dann ziemlich leicht auf eine vertrauliche Ebene und kann ein bisschen subtil flirten. Sie fühlt sich natürlich trotzdem – oder gerade deswegen – von mir angezogen, und irgendwann kommt sie mir immer näher und hofft, dass ich sie küsse, obwohl das ja eigentlich absurd ist und so. Ich ziere mich dann noch ein wenig, und schließlich gebe ich nach und küsse sie. Das verschafft ihr dann ein unglaubliches Erfolgsgefühl, weil sie sich einbilden kann, sie wäre so unwiderstehlich, dass ihr selbst ein schwuler Mann erliegt. Und dann ist alles ganz einfach: Ich gebe ihr das Gefühl, *sie* würde *mich* verführen, und gehe mit ihr ins Bett. Am nächsten Morgen kann ich dann total zerknirscht und verwirrt die ‹Einmaliger Ausrutscher, wie hast du das geschafft, eigentlich bin ich doch total homosexuell›-Nummer abziehen und guten Gewissens nach Hause gehen, ohne dass ich mich je wieder bei ihr melden muss. Trotzdem war es für sie eine tolle Nacht, und sie kann stolz ihren Freundinnen erzählen, dass sie es geschafft hat, einen Schwulen rumzukriegen. Und am Ende sind alle Beteiligten zufrieden.»

Ich kriege den Mund nicht mehr zu. Unglaublich. Pekka hat es wirklich geschafft, die halbe Hamburger Damenwelt zu verarschen. Respekt.

«Und das spricht sich nicht rum? Wie oft machst du das denn? Das muss doch irgendwann auffliegen.»

«Seltsamerweise nicht. Ich bitte die Ladys natürlich danach immer um Diskretion und behaupte, ich hätte einen sehr eifersüchtigen Freund. Du dachtest, ich sei mit Javier zusammen? Dann dachten die das wahrscheinlich auch. Na ja, wir füttern diesen Verdacht durch unsere Tango-Einlagen wahrscheinlich auch ein bisschen.»

«Ein bisschen ist gut. Ihr seid so etwas wie das Traumpaar der Hamburger Barkeeperszene.»

Er grinst. «Toll, das zu hören. Sieht so aus, als ob mein Erfolg bei den Frauen auch in nächster Zeit noch gesichert sein wird.»

Während Pekka in aller Ruhe seinen Kaffee austrinkt, muss ich erst einmal damit klarkommen, dass mein ganzes Weltbild gerade zusammengebrochen ist. Was kommt als Nächstes? Tim ist eigentlich eine Frau und Laura arbeitet nach der Uni als Gogo-Tänzerin?

Ich will mir gar nicht ausmalen, welche geheimen Doppelidentitäten hinter den Menschen, die ich zu kennen glaube, stecken könnten. Wahrscheinlich ist mein Vater ehemaliger RAF-Aktivist und seine ganze bürgerliche Spießigkeit nur Tarnung und Fassade? Und hinter dem Ulf muss sich etwas ganz besonders Unheimliches verbergen. Ich habe schon immer geahnt, dass diese Lethargie nicht echt sein kann.

Ich bin überrascht, mit welcher Berechnung man sein Leben zu seinem Vorteil einrichten kann. Genau genommen kann ich nichts ernsthaft moralisch Anstößiges an Pekkas Strategie finden. Er spielt den Frauen ja nur das vor, was sie in ihm sehen wollen. Sie wollen getäuscht werden. Und Recht hat er, für sie stellt das am Ende sogar noch ein größeres Erfolgserlebnis dar als ein gewöhnlicher One-Night-Stand.

Vielleicht sollte ich auch viel berechnender sein. Dann könnte ich eventuell auch verhindern, dass die doofe Tini mir meinen Ex-Freund ausspannt. Wie war das mit Bunnys Idee mit dem Racheplan? Ich sollte das wirklich umsetzen. Jawohl. Mittlerweile habe ich mich auch wieder so weit beruhigt, dass ich nichts Unüberlegtes tun würde. Wie meinte noch der alte Don Vito in «Der Pate», Teil eins: Rache ist ein Gericht, das man am besten kalt serviert.

«Ich muss mal telefonieren.» Ich werde Bunny gleich anrufen.

«Äh, Cobra, das bleibt aber unter uns, mein süßes Geheimnis, okay?»

«Klar. Keine Sorge.» Na ja, Hannah werde ich Pekkas Geschichte natürlich brühwarm erzählen, aber die kann schweigen. «Omertà, Pekka.»

«Omer-was?»

«Das Schweigegelübde der Mafia. Ich habe nichts gesehen oder gehört. Und werde erst recht nichts sagen. Versprochen. Und nun muss ich mich um meine Geschäfte kümmern. Arrivederci.» Ich tippe an meinen imaginären weißen Borsalino-Hut mit dem schwarzen Band und gehe aus der Küche.

«Bunny, hallo? Hier ist Cobra, das Mädchen aus der Mensa letzte Woche, erinnerst du dich? Schön. Gut, und dir? Sag mal, hast du Lust und Zeit für einen Kaffee heute Nachmittag? Super. Um vier im Café *Unter den Linden*? Ja, perfekt. Bis nachher.»

Ein paar Stunden später mache ich mich mit meinem kleinen schwarzen Notizbuch bewaffnet auf den Weg ins *Unter den Linden*. Bunny wartet bereits.

«Cobra, da bist du ja.» Küsschen rechts, Küsschen links. Eigentlich kann ich das Getue ja überhaupt nicht leiden, aber ich muss wohl auch ein bisschen mitspielen, wenn sie mir helfen soll.

«Hey, Bunny. Schön, dich zu sehen.» Hilfe, hoffentlich hat unsere Begrüßung jetzt keiner gehört. So auf einen Haufen sind unsere beiden Namen schon ein wenig peinlich. Fehlen nur noch Foxy und Pussycat und wir könnten einen Russ-Meyer-Film drehen. Wenn wir größere Brüste hätten.

«Also, Bunny, um gleich zur Sache zu kommen: Ich wollte nochmal das Angebot ansprechen, das du mir neulich gemacht hast. Ich kann es einfach nicht ablehnen», sage ich und versuche dabei möglichst Mafioso-mäßig zu gucken.

«Bitte was?»

«Ach, schon gut. Ich hab nur versucht, ein Mafia-Zitat einzubauen. Du meintest doch neulich, du könntest mir Tipps geben, wie ich mich an Tini, der Kuh, die sich an meinen Ex-Freund Tim ranmacht, rächen könnte.»

«Ah, alles klar. Da helfe ich dir gerne. Also, diese Tini ist eine Freundin von dir, richtig?» Bunny zündet sich eine Zigarette an.

«Freundin ist vielleicht nicht ganz die passende Bezeichnung. In Amerika nennen sie so jemanden *Frenemy*. Wir sind zusammen aufgewachsen, weil unsere Mütter eng befreundet sind. Aber da war irgendwie immer ein Konkurrenzverhältnis zwischen uns. Wenn ich ein neues Spielzeug hatte, dann musste sie das unbedingt auch haben. Total anstrengend.»

«Ha, da haben wir doch schon die Wurzel des Problems. Kann es sein, dass diese Tini nur Interesse an Tim hat, weil er dein Ex-Freund ist und sie dir damit eins reinwürgen kann?»

«Ja, das kann sogar ganz gut sein. Er ist eigentlich auch gar nicht ihr Typ.»

«Na siehst du. Reine Boshaftigkeit. Kein Quatsch à la ‹Aber was soll ich denn machen, wenn ich mich nun mal in ihn verliebt habe, und für Gefühle kann doch keiner was›. Die will ihn nur, weil du ihn auch willst, die Schlampe. An der kannst du dich guten Gewissens rächen», sagt Bunny und bläst ihren Zigarettenrauch in die Luft.

«Und an was denkst du da? An die Klassiker? Auto zerkratzen, heimlich Kressesamen auf dem Teppich ausstreuen und gießen, Enthaarungscreme ins Shampoo mischen?»

«Nee, das ist doch albern. Subtil muss das sein. Sanfter
Psychoterror ist viel effektiver als plumpe Zerstörungswut. Lass mich mal nachdenken ... Wenn sie versucht, dir das Liebste, was du hast, wegzunehmen, dann musst du das Gleiche bei ihr tun.»

«Hä? Kapier ich nicht. Ich soll mich an ihren Ex ranmachen? Ich weiß doch nicht mal, wer das ist.»

«Das muss ja nicht zwingend ein Mann sein. Du kennst sie doch ganz gut, überleg doch mal, wie du sie am meisten treffen könntest.»

«Wahrscheinlich, indem ich ihr blödes Louis-Vuitton-Täschchen kaputtmache. Tini hängt eher an materiellen Dingen. Obwohl ... Ja, genau! Ihr Chihuahua! Sie hat diese fürchterliche Ratte als Schoßhündchen, den liebt sie über alles.»

Bunny kräuselt die Stirn: «Vuitton? Das ist so last year. Warum trägt sie nicht wenigstens Prada? Na ja, egal. Der Hund, das ist perfekt. Wir müssen uns irgendwas für den Hund ausdenken.»

Auch ich lege meine Stirn in Falten und denke angestrengt nach. Klar! Das ist gut! Das hätte sich Don Corleone nicht besser ausdenken können.

«Ich hab's. Für den Anfang reicht wohl eine kleine, aber feine Drohung, wir müssen das Vieh ja nicht gleich umbringen. Ich werde die Töle entführen und Tini dann ein Polaroidfoto von ihr schicken. Gefesselt. Mit einer aktuellen Tageszeitung im Hintergrund oder so.»

«Klingt effektiv.» Bunny drückt ihre Kippe im Aschenbecher aus.

«Das wird sie einschüchtern. Aber wird es sie auch davon abhalten, sich an Tim ranzumachen? Ich meine, sie weiß ja dann gar nicht, warum sie bedroht wird.»

«Cobra, darum geht es doch gar nicht. Wir wollen sie doch nur fertig machen, weil sie dich fertig machen will. Reine Rache. Wegen Tim musst du schon selber was unternehmen. Das ist eine andere Sache.»

Wir trinken unsere Kaffees aus und ich gehe befriedigt nach Hause. Das mit der Entführung und den Polaroids ist ein ganz guter Plan. Allerdings habe ich gar keine Polaroidkamera. Darf man das auch digital machen, oder ist es dann nicht mehr stilecht? Ach, ich werde einfach das neue, digitale Zeitalter der Entführungsfotografie einläuten. Man muss schließlich auch mit der Zeit gehen, wie meine Oma immer sagt. Jetzt brauche ich nur noch herauszufinden, wann und wo Tini ihre Ratte Gassi führt.

Am Abend mache ich mich trotz Dunkelheit mit Sonnenbrille auf den Weg Richtung Hotel *Atlantic*. In diesem Nobelschuppen an der Alster arbeitet Tini an der Rezeption. Wenn ich Glück habe, ist sie heute in der Spätschicht und müsste so gegen 23 Uhr Feierabend machen.

Ich komme mir ein bisschen albern vor in meinem Outfit, besonders, weil man mich trotz Sonnenbrille natürlich problemlos erkennt. Ich überlege noch kurz, ob ich meine schwarze Ballonmütze aufsetzen soll, allerdings sehe ich damit aus wie Kalle Blomquist, das macht mich gleich verdächtig. Vielleicht hätte ich damals das *Detektiv-Set* aus dem YPS-Heft aufheben sollen. Aber soweit ich mich erinnere, bestand das auch nur aus einer Plastiklupe und einer Zeitung mit Löchern zum Durchgucken drin. Das hilft mir auf meiner Mission auch nicht wirklich weiter.

Möglichst unauffällig lungere ich vor dem Mitarbeitereingang auf der Rückseite des Hotels herum. 23 Uhr ist tatsächlich Schichtwechsel, habe ich also doch zugehört, als Tini mir damals von ihrem tollen neuen Job erzählte. Immer mehr Leute strömen aus der unscheinbaren Metalltür. Und dann schließlich Tini, perfekt. Mal sehen, was sie jetzt vorhat.

Tini läuft Richtung Hauptbahnhof, ich bin ihr dicht auf den Fersen. Sie geht runter zur U-Bahn und steigt in die U3. Gerade noch rechtzeitig kann ich hinterherhüpfen. Beinahe breche ich mir dabei das Genick; mit Sonnenbrille U-Bahn zu fahren, wenn man sowieso schon nachtblind ist, ist der Gesundheit nicht besonders zuträglich.

Am Eppendorfer Baum steigt Tini aus. Nach Hause geht sie also offenbar nicht, das wäre eine Station vorher gewesen. Sie läuft ein Stück die Isestraße hinunter, bleibt dann vor einer der nobelsten Altbauvillen stehen und klingelt. Hm, vielleicht hat sie sich ja schon einen neuen Typen angelacht, den sie jetzt besuchen geht? Einen Mann, der eine Wohnung im teuren Eppendorf hat, das wär doch was für sie.

Aber statt eines gut geföhnten Mittdreißigers mit hochgestelltem Polohemd-Kragen macht ihr eine ältere Frau mit leicht lila schimmernden Haaren die Tür auf. Die beiden begrüßen sich, dann geht Tini in die Knie. Was macht sie denn da? Ich strecke mich, soweit es geht, hinter dem Baum vor, der mir als Deckung dient. Ach so, sie begrüßt ihren Kläffer. Dann wird die Omi wohl ihre Hundesitterin sein. Tini hat ja mal erzählt, der Chihuahua hätte alleine zu Hause Angst und würde dann immer auf den Teppich pinkeln. Doofes Vieh.

Tini nimmt den Hund an die Leine – leider kann ich es von hier aus nicht sehen, aber ich wette, sie passt zu ihrer Handtasche – und geht los, die Isestraße weiter, in meine Richtung.

Gut, dass sie diese Hundesitterin hat. Der alten Schachtel kann ich den Köter bei ihrem nächsten Spaziergang sicher ganz leicht entreißen. Jetzt muss ich nur noch möglichst unauffällig hier wegkommen, damit Tini mich nicht noch hinter dem Baum entdeckt.

«Cobra? Bist du das? Was machst du denn hier?»

Meine Tarnung ist offensichtlich nicht besonders gut. Jetzt heißt es schlagfertig sein.

«Ach, Tini, hallo, das ist aber ein … Zufall. Na, alles klar bei dir?»

«Ja, bestens.» Mittlerweile stehen wir voreinander, und sie schaut mich kurz misstrauisch an, bevor sie mich zur Begrüßung umarmt. Am liebsten hätte ich ihr dabei ins Ohr gebissen, so wie Vincent Manzini es bei Joey Zaza in «Der Pate», Teil drei, getan hat. Aber das wäre nicht klug. Sie soll ja denken, ich wäre auf ihrer Seite. Außerdem will sie mich mit ihrem Interesse an Tim sowieso nur ärgern, und den Triumph, dabei erfolgreich zu sein, gönne ich ihr nicht.

«Aber was machst du denn hier, samstagabends? Und warum um alles in der Welt trägst du bei völliger Dunkelheit eine Sonnenbrille?»

«Äh, ich, äh, ich habe eine, äh, Bindehautentzündung. Ja, Bindehautentzündung. Ganz fies. Ich bin selbst nachts noch total lichtempfindlich. Tagsüber kann ich kaum rausgehen. Deshalb bin ich ja auch hier unterwegs. Ich hatte gerade ein Treffen mit einer Referatsgruppe, das haben wir wegen mir extra auf den Abend gelegt. Das Thema ist total abgefahren, italienische Linguistik, minimalistische Syntax und so. Julia, meine Kommilitonin, wohnt hier in so einer Luxus-Altbau-WG. Die haben sogar eine Putzfrau, krass, oder?», sprudele ich los, in der Hoffnung, Tini mit zu vielen Informationen so weit zu verwirren, dass sie nicht nachfragt.

«Äh, ja. Interessant.» Es hat funktioniert, toll!

«Und du, führst deinen Hund noch eine Runde spazieren, bevor es ab auf die Piste geht, was? Ist ja Samstag. Wie heißt der Kleine eigentlich?»

«Es ist eine Sie. Sie heißt Chantal.»

Chantal, der Chihuahua. Ich fasse es nicht.

«Ich komme gerade vom Arbeiten und geh deshalb auch nicht mehr aus. Morgen hab ich Frühschicht, da bleiben mir sowieso nur noch sechs Stunden Schlaf. Schade, dabei wäre heute im *Mandalay* eine richtig gute Party gewesen.»

«Ach, *Mandalay*, da war ich ja auch lange nicht mehr.» Mit gutem Grund, ich hasse diesen Club. Blonde Hanseatinnen in Stiefeletten lassen sich dort von ihren gegelten Freunden die Handtäschchen halten, während sie auf der Tanzfläche zu R'n'B die kleinen Popöchen bewegen. «Aber ich gehe heute auch nicht mehr aus. Mit dieser doofen Bindehautentzündung macht das in den verrauchten Läden ja keinen Spaß.»

«Na dann …», sagt Tini. Inzwischen sind wir vor ihrer Wohnung angekommen. «Komm noch gut nach Hause.»

«Ja, danke. Wir können die Woche ja mal wieder einen Kaffee trinken gehen, hmm? Haben wir schon lange nicht mehr gemacht.» Ich setze mein süßestes Lächeln auf.

«Äh, ja, wenn du meinst.» Tini ist überrascht. Damit hat sie sichtlich nicht gerechnet. «Wir können ja dann, äh, nochmal telefonieren.»

«Super, gerne!», flöte ich. «Bis ba-hald!»

Puh, zum Glück hat sie die Geschichte mit dem samstagabendlichen Referatsgruppentreffen geschluckt. Und ich weiß jetzt, wo ihre Hundesitterin wohnt, da kann ich der kleinen Chantal noch einmal ganz in Ruhe auflauern.

Was fange ich denn nun mit dem angebrochenen Samstagabend an? Ohne Tim und Hannah tendieren meine Chancen, einen Ausgehpartner zu finden, schnell gegen null. Ob ich Bunny anrufen soll? Nee, die habe ich ja heute Nachmittag schon getroffen, und so gut, dass ich sie permanent belagern könnte, kennen wir uns noch nicht. Claas ist zu Hause und lernt für seine Prüfungen, und Laura fällt auch aus, sie hat gestern erzählt, dass sie und der Ulf heute Abend bei einem befreundeten Pärchen zum Essen eingeladen sind.

Abende mit *befreundeten Pärchen* sind ja überhaupt das Allerschlimmste. Da trifft man sich dann zu viert und führt sich gegenseitig vor, wie glücklich man doch ist und in welch geregelten Bahnen das Leben verläuft. Tim und ich hatten auch ab und zu mal Pflichtveranstaltungen mit einem befreundeten Pärchen, ein Kommilitone von ihm und dessen Freundin, Heiko und Tanja. Die haben uns regelmäßig in ihre perfekt eingerichtete Wohnung eingeladen, und wir mussten uns dann zwangsläufig revanchieren. Es war grauenhaft. Das Lieblingswort von Heiko und Tanja war «schön», alles war schön, schön gemeinsam essen, schön gemeinsam einen schönen Wein trinken, schön zusammen auf dem Sofa sitzen und ab und zu auch mal wieder schön aufs Land rausfahren, «in dieses süße kleine Restaurant». Keiner von den beiden hat mehr «ich» gesagt, es gab nur noch «wir». «Wir haben es ja auch gerne gemütlich, wir gehen aber auch ab und zu mal ins Kino, am besten gefallen uns Filme mit Meg Ryan, wir mögen keine Fernreisen, sondern fahren lieber nach Rügen, nicht wahr, Schatz?» Tim und ich hatten uns immer fest vorgenommen, niemals so zu werden, und wenn wir uns doch einmal dabei ertappt haben, dass einer von uns vorschlug, «mal wieder was Schönes zu kochen», dann musste der andere nur «Heiko und Tanja» sagen, und schon wurde der Pizza-Service angerufen, damit wir ja nicht in die spießbürgerliche Gutmenschen-Hölle abrutschten.

Ein interessantes Phänomen bei befreundeten Pärchen ist auch die Tatsache, dass sie mit Single-Menschen nicht klarkommen. Ich habe Heiko und Tanja kurz nach der Trennung von Tim zufälligerweise im Supermarkt getroffen und ihnen erzählt, dass wir nicht mehr zusammen sind und ich ausgezogen bin. Da bekamen sie gleich einen ganz panischen Blick. Als ich ihnen dann aber von meinem Liebeskummer berichtete, wurden sie plötzlich wieder ganz umgänglich. Da konnten sie sich überlegen fühlen und Mitleid zeigen. Single-Menschen stellen nur dann eine Gefahr für Pärchen da, wenn es ihnen gut geht. Weil das ihre Theorie, dass jeder Mensch eine zweite Hälfte zum Glücklichsein braucht, ins Wanken bringt. Und sie vor Augen geführt bekommen, was sie alles verpassen in ihrer Pärchenwelt. Aber all diese Gedanken können Paare wunderbar mit dem Argument verdrängen, dass sich glückliche Singles ja auch nur etwas vormachten und im tiefsten Inneren alle schrecklich einsam und unglücklich seien. Je länger ich darüber nachdenke, desto mehr regt mich das auf. Bisher habe ich ja auch immer gejammert, wie einsam und unglücklich ich ohne Tim bin, aber das muss ja nicht generell so sein, wenn man keinen Freund hat. Hannah ist seit drei Jahren Single und kommt *sehr* gut damit klar. Ab sofort werde ich auch aufhören zu jammern. Jawohl. Schon, um nicht die Theorie von Heiko und Tanja zu bestätigen. Ich kann auch alleine glücklich sein! Ich brauche keine Beziehung, um mich als vollwertigen Menschen wahrzunehmen! So! Und jetzt gehe ich aus! Alleine! Da habe ich überhaupt gar kein Problem mit! Los geht's!

Aber wohin nur? Hm. Ganz ohne Begleitung auf die Piste gehen ist auch irgendwie doof. Freunde brauchen Single-Menschen natürlich trotzdem. Und meine wenigen sind leider alle weg oder verplant. Aber ich könnte Pekka in der Bar besuchen, der arbeitet doch heute.

«Cobra, mein Herz!», schallt es durch den Raum, als ich die *Python Bar* betrete. Pekka steht mit weit ausgebreiteten Armen hinter dem Tresen, in der einen Hand hält er einen Cocktailmixer. Einige Gäste drehen sich neugierig nach mir um und ich werde prompt knallrot. Nur gut, dass man das bei der schummerigen Beleuchtung nicht sehen kann. Was für eine Begrüßung! Kein Vergleich zu meinen bisherigen *Python-Bar*-Besuchen, bei denen ich mich mit Hannah in einer Ecke herumgedrückt und aus der Ferne heimlich Pekka angehimmelt habe.

«Pekka, Amore mio!», schmettere ich zurück und bin über mich selbst ganz verwundert. Den Star der Bar zu kennen scheint meinem Selbstbewusstsein ganz gut zu tun. Ich gehe zu ihm, um ihn zu begrüßen, und er drückt mir einen dicken Schmatzer direkt auf den Mund. Ich spüre die teils bewundernden, teils neidischen Blicke der anderen Gäste in meinem Nacken.

Pekka ist wie ausgewechselt, wenn er hinter der Theke steht. Auch in der WG ist er meistens guter Laune, aber hier in der Bar blüht er noch mehr auf. Er braucht sein Publikum und genießt es, von allen Seiten beachtet zu werden, das merkt man ihm an. Er ist aber auch schön anzusehen. Diese blitzenden knallblauen Augen, dazu die fast schwarzen Haare … Und dann diese Unterarme! Ich finde sowieso, dass Unterarme bei Männern die sexysten Körperteile sind. Da kann ein Hintern noch so knackig und ein Bauch noch so waschbrettig sein; wenn er keine schönen Arme hat, dann ist der ganze Mann nichts wert. Aus diesem Grund hatte ich auch schon immer ein heimliches Faible für Schlagzeuger. Allerdings scheinen Akkordeonspielen und Cocktailmixen auch ganz gut anzuschlagen. Pekkas Unterarme sind jedenfalls perfekt. Sogar die Tätowierungen passen, obwohl ich da sonst kein großer Fan von bin. Hach, der Mann ist einfach zu toll für diese Welt! Die besten Typen sind eben immer ... – Moment, stimmt, fast hätte ich den Schock von gestern Nacht vergessen: Pekka ist ja gar nicht schwul. Hm. Wenn ich ihn mir so ansehe ... Da könnte ich glatt auf Gedanken kommen ... Halt. Stopp. Er ist mein Mitbewohner, und das macht ihn so indiskutabel und asexuell, als wäre er meine eigene Großmutter.

Jetzt kapiere ich auch, warum mich Laura nach meinem Einzug so eindringlich auf die «Kein Sex mit Mitbewohnern»-Regel hingewiesen hat. Aber ausnahmsweise hat sie in dieser Sache mit ihrer Prinzipienreiterei Recht. Sex mit WG-Mitgliedern kann wirklich zu ganz abscheulichen Problemen führen. Hannah hatte letztes Jahr eine Affäre mit ihrem Mitbewohner Philipp, und das endete in blankem Chaos. Sie sah die gemeinsame Nacht eher als Art Fick unter Freunden, er dachte, sie wären nun ein Paar. Hat sie ständig belagert und wollte ihr wieder näher kommen, und sie hatte keinerlei Möglichkeiten, ihm aus dem Weg zu gehen. Wie denn auch, sie wohnten ja zusammen. Noch Wochen später hat er ihr Eifersuchtsszenen gemacht, wenn sie einen anderen Typen zu Besuch hatte. Irgendwann artete das Ganze dann so aus, dass die beiden bei einem Streit in der Küche wutentbrannt das gesamte Geschirr zertrümmert haben. Das fand der Rest der WG alles andere als lustig, und Philipp ist schließlich ausgezogen. Nachdem ich das alles hautnah miterleben durfte, werde ich sicher nicht auf dumme Gedanken kommen, da kann Pekka so schön sein, wie er will.

«Cobra? Alles klar? Du hast mich gerade fünf Minuten lang wortlos angestarrt. Hab ich irgendeinen ekligen Käfer auf dem T-Shirt oder so was?» Pekka blickt irritiert an sich herunter.

«Was? Nee. Quatsch. Ich ... Ich war nur gerade in Gedanken. Ich hab eben Tini getroffen.»

«Oha. Dein Lieblingsthema. Mädchen, du musst wenigstens ab und zu mal deinen Kopf frei von deinem Exfreund machen. Das bringt doch nix. Ach, was sag ich, ich wiederhole mich. Hier, trink erst mal einen Wodka. Es ist schließlich Samstagabend. Kippis!»

«Kipp es? So wie: Nich lang schnacken, Kopp in Nacken? Bisher dachte ich, zumindest Barkeeper würden auf peinliche Trinksprüche verzichten.»

«Kippis ist finnisch und heißt Prost, meine liebe Cobra. Und jetzt runter damit. Ich trink auch einen mit.»

«Na dann. Kippis.» Wie immer, wenn ich Wodka pur trinke, schüttelt es mich ein bisschen. Brr, das Zeug ist schon irgendwie widerlich. Aber leider auch der beste Weg, um möglichst gut betrunken zu werden. Mit Bier zum Beispiel kriege ich das ja gar nicht hin. Nach zwei oder drei Flaschen bekomme ich einen Wasserbauch und muss außerdem alle halbe Stunde pinkeln. Bei Rotwein übersäuert schnell mein Magen, und außerdem kriegt man davon ja auch diese doofen lila Lippen und Zähne. Sieht nicht schön aus. Likörchen nippen nur Hausfrauen beim Scrabble, und Alcopops sind vollkommen indiskutabel, es sei denn, man ist gerade fünfzehn geworden, lebt auf dem Dorf, und die einzige Ausgehmöglichkeit ist das Bushaltestellenhäuschen an der Schnellstraße, an dem nur dreimal pro Tag überhaupt ein Bus hält.

Wodka dagegen erfüllt prima seinen Zweck. Das mag zwar, verglichen mit der «schönen Flasche Wein», die Pärchen wie Tanja und Heiko gerne trinken, nicht besonders gepflegt sein, aber es ist effektiv. Denn die oberste Ausgehregel lautet ja schließlich: Halb betrunken ist rausgeschmissenes Geld. Da bleibe ich lieber ganz nüchtern. Ist konsequenter.

«Gib mir doch gleich noch einen, Pekka. Sonst war der erste ja umsonst.»

«Richtig so! Wenn trinken, dann richtig trinken. Braves Mädchen.» Pekka grinst und schenkt aus der großen eisgekühlten Finlandia-Flasche nach.

«Oh, du kennst also auch die oberste Ausgehregel», stelle ich erfreut fest und leere das Glas.

«Klar. Wir leben doch in einem digitalen Zeitalter. Es gibt nur Nullen und Einsen. Dazwischen gibt es nichts.» Er setzt schon wieder die Flasche an. «Und jetzt wollen wir deine Stimmung mal von einer Null in eine Eins verwandeln. Kippis!»

Ich kippe den dritten Wodka und finde plötzlich wahnsinnig geistreich, was Pekka da erzählt. Digitales Zeitalter! Überhaupt gefalle ich mir sehr gut in meiner Rolle hier – die beste Freundin des Barkeepers. Das macht mich jetzt wahrscheinlich ähnlich interessant wie meine Live-Show mit Benno im *Pudel* neulich. Die Hierarchien des Nachtlebens sind ja so einfach zu erklimmen. Diese ganzen Partymädchen, die in BILD, GALA und RTL Explosiv zu sehen sind, wurden ja schließlich auch nur bekannt, weil sie entweder die größten Schlampen oder mit den entscheidenden Leuten befreundet waren. Oder beides. Insofern bin ich auf dem besten Wege zu einer Karriere als It-Girl. Paris Hilton war gestern, jetzt kommt Cornelia Brandt? Natürlich gruselt es mich in Wirklichkeit ziemlich vor diesem ganzen oberflächlichen Society-Mist. Aber wenigstens einen kleinen Platz in der Hamburger Bar-Szene zu haben, und sei es nur als *die beste Freundin vom Python-Bar-Barkeeper*, das schmeichelt mir schon. Im tiefsten Inneren bin ich wohl doch ein Groupie.

«Was hast du denn noch vor, mit dieser Nacht?», reißt mich Pekka aus meinen tief schürfenden Gedanken.

«Äh, keine Ahnung. Nix eigentlich. Was sollte ich denn vorhaben? Ich dachte, ich häng noch ein bisschen bei dir an der Bar rum und gehe dann nach Hause.»

«Nix gibt's nicht! Das ist der perfekte Samstagabend heute, Cobra. Es wäre eine Sünde, zu früh nach Hause zu gehen. Geh doch noch tanzen. In der Hopfenstraße feiert heute ein neuer Club Eröffnung. Schau dir den doch mal an, dann kannst du mir morgen erzählen, ob es da gut ist. Oder geh in die *Tanzhalle*, da legt heute DJ Phono auf.»

«Hm, ich weiß nicht. Du musst ja hier arbeiten und sonst hat keiner Zeit. So alleine ist das irgendwie auch doof.»

«Komm schon, alleine! Als ob du lange alleine bleiben würdest! Um eine Frau wie dich reißen sich doch die Typen, tu doch nicht so, als ob du das nicht wüsstest. Dieser schwarze Mantel steht dir übrigens hervorragend. Der gibt dir so etwas … Geheimnisvolles.» Pekkas Augen blitzen auf, als er das sagt, und mir wird ganz flau im Magen.

«Ach, das sagst du doch nur, um mich aufzubauen», wende ich zögerlich ein.

«Nein. Wenn ich so etwas zu einer Frau sage, dann meine ich das auch so», sagt er, und sein Blick wird auf einmal ganz ernst. Ein paar Sekunden schauen wir uns in die Augen, um uns herum scheint plötzlich alles ausgeblendet, die Musik, das Klirren der Gläser, das Lachen der anderen

Gäste. Als hätte jemand bei einem Film auf die Pause-Taste gedrückt. Dann löst Pekka seinen Blick, und das Band läuft wieder weiter.

«Jetzt aber los, Schönheit! Diese Nacht wartet auf dich! Komm, du kriegst auch noch einen Wodka für den Weg», ruft er, schenkt ein und ist wieder voll im Barkeeper-Modus. «Husch, husch, raus mit dir!» Er wartet, bis ich den Wodka getrunken habe, drückt mir einen Kuss auf die Wange und macht energische Fuchtelbewegungen Richtung Tür. Ich ziehe einen Flunsch, weil er mich loswerden will, gebe dann aber nach und gehe.

«Mach's gut, Pekka. Danke fürs Abfüllen. Ich werde übrigens wirklich noch in die *Tanzhalle* gehen. Versprochen.»

Vor der Bar kommen mir die One-Night-Stand-Ratschläge von Bunny und Pekka wieder in den Sinn. «Fuck the pain away, Cobra …», «verletztes Ego streicheln …», «Leben auskosten …» – all das geht mir im Kopf herum, als ich mit vier Wodka intus draußen stehe. Warum eigentlich nicht. Um eine Frau wie mich reißen sich die Typen, hat Pekka gesagt. Na, ich weiß nicht. Aber vielleicht wäre es an der Zeit, das auszuprobieren. Meinen *Marktwert* auszutesten. Grauenhaftes Wort eigentlich, hat irgendwie was von Viehhandel. Aber es beschreibt die Stimmung an einem normalen Samstagabend in der Großstadt wahrscheinlich am besten. Jeder versucht, sich an den Höchstbietenden bzw. Vielversprechendsten zu verkaufen. Die Schokoladenseiten werden in den Vordergrund gerückt, kleine Mängel bei der Produktbeschreibung unter den Tisch fallen gelassen. Den ganzen Abend versucht man den Preis in die Höhe zu treiben und will nicht gleich das erstbeste Angebot annehmen, aber wenn man zu lange zaudert, dann geht man am Ende alleine nach Hause oder muss *Reste ficken*. Ein einziges Werben und Balzen, so eine Nacht in einem beliebigen Club.

Wenn ich früher mit Hannah unterwegs war, habe ich mich oft außen vor gefühlt, weil ich bei dem ganzen Ritual nicht mitspielen durfte. Nicht, dass ich unbedingt das Bedürfnis hatte, einen Typen kennen zu lernen, Tim genügte mir völlig, aber ab und zu hätte es mir schon ein bisschen Spaß gemacht, an dem Reigen teilzunehmen. Ohne Flirten kann ein Ausgehabend auch schnell langweilig werden, die meisten Leute gehen eben nicht nur wegen der Musik aus.

Aber heute Abend habe ich ja Gelegenheit, mich aufs Parkett der Hamburger Single-Börse zu begeben. Lieber hätte ich meinen Börsengang mit Hannah zusammen angetreten, allerdings möchte ich auch nicht weitere zwei Monate tatenlos zu Hause rumsitzen, bis die Dame sich bequemt, von ihrer Australienreise wiederzukommen. Meine Feuertaufe hatte ich ja bereits letzte Woche mit Benno. Aus Fehlern lernen, heißt die Devise für die heutige Nacht. Für den Anfang läuft auch alles ganz okay: Das mit dem Alkoholpegel habe ich dieses Mal besser hinbekommen. Ich bin angeduselt genug, um kontaktfreudig und redselig zu sein, aber noch nicht so benebelt, dass ich wie beim letzten Mal alle Würde über Bord werfen werde. Also gut. Creatures of the night, here I come.

Ich beschließe, in die *Tanzhalle* zu gehen. Die ist zum einen praktischerweise gleich um die Ecke, zum anderen möchte ich nach der Nummer mit Benno nicht schon wieder im *Pudel* einfallen, das wäre mir dann doch etwas zu viel.

Ich überquere den Hans-Albers-Platz und muss mich dabei durch eine Horde Männer quetschen, die offensichtlich gerade einen Junggesellenabschied feiern. Jedenfalls will mir einer von ihnen, der eine Taucherbrille, Flossen und einen Schwimmreifen um die Hüfte trägt, einen Kuss für einen Euro verkaufen, während seine Kumpels grölend daneben stehen. Mit Mühe und Not kann ich fliehen. Kuss für einen Euro – so verzweifelt bin ich denn doch nicht.

In der *Tanzhalle* zahle ich am Eingang meine acht Euro Eintritt – ich muss mich morgen unbedingt wieder um einen Job kümmern! – und tauche ab in den dunklen, heißen Raum. DJ Phono legt wie immer sehr tanzbar auf, und so schiebe ich mich gleich in die Menge auf der Tanzfläche. Nachdem sich meine Augen ein bisschen an die Dunkelheit gewöhnt haben, beginne ich die Lage zu sondieren. In meiner unmittelbaren Nähe tanzen drei Mädchen und ein ganz hübscher Typ, der allerdings zu einem der Mädchen zu gehören scheint. Von den anderen Männern, die ich von hier aus beobachten kann, sehen vier so aus, als hätten sie erst gestern ihr Abi gemacht, drei, als hätten sie mit Designer-Drogen experimentiert, zwei andere knutschen gerade miteinander, und einer hat sein kurzärmeliges weißes Hemd in die Hose gesteckt und ist damit definitiv nicht mein Typ. Kurzärmelige weiße Hemden darf man meiner Meinung nach nur tragen, wenn man von Beruf Busfahrer ist, und nicht einmal dann sollte man sie in die Hose stecken.

Hm. Magere Ausbeute. Ob ich doch noch in den *Pudel* gehen soll? Oder gleich in *Rosis Bar* auf den Hamburger Berg. In dieser Kneipe herrscht permanenter Männerüberschuss; besonders nach zwei Uhr nachts scheinen sich dort alle Typen zu versammeln, die bei ihren bisherigen Balzversuchen erfolglos waren. Man könnte den Laden auch gleich in *Rosis Resterampe* umbenennen. Entsprechend enthusiastisch wird dort jedes weibliche Wesen, das die Bar betritt, begrüßt. Nein, so tief bin selbst ich noch nicht gesunken. One-Night-

Stand mit Niveau ist doch heute Abend angesagt. Ich hätte gerne jemanden Nettes, der gut aussieht, mit dem man vielleicht noch zwei bis drei halbwegs intelligente Sätze wechseln kann und der Interesse hat an ein wenig unverbindlicher Körperlichkeit zu zweit. Das muss doch machbar sein; jedenfalls behaupten das sowohl Bunny als auch Pekka. Und wenn sich das auch beim zweiten Versuch als Lüge herausstellen sollte, dann sind der One-Night-Stand und ich in Zukunft geschiedene Leute. Dann können das andere Menschen übernehmen und danach davon schwärmen. So ein schales Gefühl wie nach der Nacht mit Benno brauche ich jedenfalls nicht noch einmal.

Die Tanzerei macht durstig und ich gehe zur Bar. Der Long Island Icetea kostet noch einmal acht Euro, und ich nehme mir auch noch einmal vor, mich schnellstmöglich um einen Job zu kümmern, als mir der Typ links von mir auffällt. Jackpot, Baby! Dunkle Haare, vorne etwas länger, sodass sie sein eines Auge halb verdecken, Jeans, gute Turnschuhe, schmale Hüften und dann auch noch ein T-Shirt von *I am Kloot*, einer meiner Lieblingsbands. Und alleine scheint er auch noch zu sein, jedenfalls ist keine belagernde Freundin in Sicht. Gut. Schritt eins meiner Mission ONS wäre also abgeschlossen: *Ortung eines passenden Objekts*. Aber wie gehe ich jetzt zu Schritt zwei, *Nähere Erkundung und Erforschung von fremdem Gebiet*, über? Ich möchte ihn eigentlich nicht mit irgendeinem dummen Anmachspruch ansprechen. So etwas Blödes wie «Auch hier?» oder «Deine Haarfarbe würde gut zu meiner Bettwäsche passen» kommt mir nicht in die Tüte. Das Ganze muss schon ein bisschen unverfänglicher ablaufen, immerhin habe ich bisher kein Wort mit ihm geredet. Wenn ich ihm jetzt gleich ein unmoralisches Angebot mache und er sich im Laufe des Abends doch als Vollpfosten herausstellt, dann wird es schwierig, einen Rückzieher zu machen. Schade, dass er mich nicht bemerkt und anspricht, das wäre irgendwie praktischer. Aber er ist offensichtlich sehr intensiv mit dem Anzünden seiner Zigarette beschäftigt. Ha! Das ist es!

«Entschuldige, hast du vielleicht mal 'ne Kippe für mich?» Das ist gut, das ist unverbindlich, das ist die perfekte Art, um miteinander ins Gespräch zu kommen. Blöd nur, dass ich nicht rauche.

«Klar, gerne.» Er reagiert, yes! Und er lächelt sogar, als er mir das Päckchen hinhält. Blaue Gauloises ohne Filter, auweia. Und das für meine jungfräuliche Lunge. Kann der Mann keine Light-Zigaretten rauchen? Ist doch total ungesund. Na, da muss ich jetzt durch. Hoffentlich kriege ich keinen Hustenkrampf oder so was. Zum ersten Mal in meinem Leben wünsche ich mir, ich hätte damals mit fünfzehn doch mitgemacht, als die anderen Mädchen aus meinem Dorf hinter dem Gemeindehaus ihre ersten Zigaretten pafften. Die haben mittlerweile sicher eine lange Liste von erfolgreichen One-Night-Stands vorzuweisen, und alles nur, weil sie rauchen können.

Ich stecke mir die Zigarette zwischen die Lippen und lasse mir von ihm Feuer geben. Natürlich stelle ich mich ein bisschen ungeschickt an, aber immerhin, sie brennt. Puh. Jetzt muss nur noch das Gespräch in Gang kommen: «Die Musik ist super heute, findest du nicht?» Mann, ich werde ja immer origineller!

«Ja, stimmt. Kennst du den DJ? Legt der hier samstags öfter auf? Ich komme sonst eigentlich immer nur freitags.»

«Das ist DJ Phono. Der ist oft auch im *Pudel*.» Toll, ich kann mit meinem spärlichen Insiderwissen auftrumpfen. Ein weiterer Zug an der geschnorrten Zigarette, mir wird auf der Stelle schwindelig und ich muss mich an der Theke festhalten.

Er schaut auch prompt etwas besorgt: «Alles okay bei dir?»

«Jaja, alles klar. Wie heißt du eigentlich?»

«Simon.»

Na also. Scheint gar nicht so niedrig zu sein, mein Marktwert. Simon ist richtig toll, ein Musikwissenschaftsstudent. Wir unterhalten uns, soweit das in der lauten Umgebung möglich ist, blendend und stellen fest, dass wir beide gerne Gitarrenbands hören, aber lieber zu elektronischer Musik tanzen gehen. Wenn er lacht, bekommt er ein sehr niedliches Grübchen in der linken Wange. Und er riecht so gut. Wie praktisch, dass man sich bei Gesprächen in Clubs immer so nahe kommen muss, um überhaupt etwas zu verstehen. Das erspart einem spätere, unangenehme Überraschungen. Es läuft also alles perfekt – bis auf die Tatsache, dass ich das mit der Zigarette irgendwie über die Bühne bringen muss. Ich paffe also nur und versuche etwas verkrampft den Rauch trotzdem so in die Luft zu blasen, als hätte ich inhaliert. Wie bescheuert das aussieht, kann ich mir denken, aber immerhin sagt Simon nichts dazu.

Irgendwann gehen wir zusammen tanzen – er tanzt sehr angenehm, viele Männer neigen ja zu vollkommener Unrhythmik oder zu übertrieben extravaganten Zuckungen –, irgendwann schauen wir uns tief in die Augen, irgendwann sagt einer von uns «Wollen wir mal rausgehen? Ich brauche frische Luft», irgendwann drücken wir uns in einen Hauseingang neben der *Tanzhalle,* und irgendwann nähern sich unsere Lippen einander, als wären sie magnetisch. Wir knutschen, und alles fühlt sich weich und wohlig und entspannt an. Die Lust, die zwischen uns ist, ist ganz anders als letzte

Woche mit Benno. Da gibt es nichts Gieriges oder Schmutziges, es fühlt sich einfach nur schön an. Wir machen eine kurze Kusspause und sehen uns an. Lächeln.

«Hast du … magst du … ich meine, möchtest du vielleicht mit zu mir kommen? Ich wohne ein paar Straßen weiter …» Simon fragt richtig schüchtern, dabei war das doch von Anfang an der Plan.

«Ja. Klar! Lass uns gehen», hauche ich ihm ins Ohr.

Hand in Hand laufen wir los, ab und zu bleiben wir mitten auf dem Bürgersteig stehen und küssen uns. Schließlich biegen wir in die Hein-Hoyer-Straße ein. Vor einem Altbau bleibt Simon stehen.

«Ja, äh, da wären wir. Hier wohn ich.» Er schaut mich erwartungsvoll an. «Und du willst wirklich … mit raufkommen?»

«Natürlich. Nun komm schon.» Aufmunternd lächle ich ihm zu. Was denkt er denn? Wennschon, dennschon. Er schließt die Haustür auf und geht vor mir her die Treppe hoch in den dritten Stock.

«So. Komm rein. Aber psst, meine Mitbewohner schlafen sicher schon.» Er schiebt mich ein wenig unsicher durch den langen Flur seiner Altbau-WG.

«Maunz!», macht da etwas zu meinen Füßen und streicht mir um die Beine. Erschrocken kneife ich Simon in den Arm.

«Keine Angst, das ist nur eine unserer WG-Katzen. Muschi, glaube ich.»

«Die Katze heißt Muschi?», flüstere ich. «Originell.»

«Die andere heißt Sushi. War die Idee meines japanischen Mitbewohners. Aber jetzt komm, mein Zimmer ist dahinten.»

Er bugsiert mich durch die Tür in sein Reich und knipst

das Licht an. Auweia. Simons Zimmer sieht aus, als hätte er beim Auszug aus seinem Elternhaus einfach die alten Möbel mitgenommen. In den frühen Neunzigern wurde so etwas in Möbelhauskatalogen als «freches Jugendzimmer in Kiefer» angepriesen. Das passt überhaupt nicht mit meinem bisherigen Bild von ihm zusammen. Ich hätte liebevoll aus-
gesuchte Flohmarktmöbel erwartet, ein selbst gezimmertes Bett oder so. Vielleicht meint er das ironisch und es ist eine künstlerische Aktion gegen den IKEA-Einheitslook in Studentenzimmern? Gilt das jetzt als Retro-Chic? Aber an seinem Bett kleben sogar noch alte Hanuta-Fußballsammelbildchen! Überhaupt, dieses Bett: Wie soll man sich bitte zu zweit auf neunzig Zentimetern wohl fühlen? Da muss man ja erst mal diskutieren, wer an der kalten Wand schläft und wer an der Rausfall-Kante. Außerdem sitzt da ein abscheulicher Kuschelhase auf der Decke. Das geht ja wohl gar nicht. Fehlt nur noch die ALF-Bettwäsche. Hängt wahrscheinlich gerade auf der Leine. Es würde mich nicht wundern, im Bücherregal auch noch die komplette «Was ist was»-Sammlung zu finden.

Dieses Zimmer weckt ungute Erinnerungen. Hoffentlich verdirbt mir die Angst, dass seine Mutter an die Tür klopfen könnte, um zu fragen, ob wir noch einen Saft trinken wollen, nicht den Spaß am Sex.

«Setz dich doch», sagt Simon und deutet aufs Bett, während er beginnt, Teelichter anzuzünden und im Zimmer zu verteilen. Er schaltet das grelle Deckenlicht aus, was die Situation schon sehr viel angenehmer macht.

«Soll ich Musik anmachen? Ich mach mal Musik an.»

Ich nicke nur und halte die Augen halb geschlossen. Dabei versuche ich mich auf das zu freuen, was gleich kommt. Wie oberflächlich bin ich eigentlich, dass ich mich durch ein schlecht eingerichtetes Zimmer derart irritieren lasse? Das sagt doch genau genommen nicht viel über einen Menschen aus. Simon sieht toll aus, er ist witzig, charmant und kann wahnsinnig toll küssen. Da kann man auch mal großzügig über die Kinderzimmer-Hölle hier hinwegsehen. Überhaupt, ich will ja nicht hier einziehen. Aber hoffentlich legt er jetzt nicht auch noch die *Nirvana Unplugged* auf. Dann fühle ich mich vollends zurückversetzt ins Jahr 1994 und werde ständig auf die Uhr gucken, weil mein Vater sicher bald mit dem Volvo vor dem Haus hupt, um mich abzuholen. Aber nein, ein Glück, es ist die neue *Interpol*. Situation gerettet.

Simon kommt zu mir aufs Bett und küsst mich. Sofort sind alle Hanuta-Sticker vergessen, den Kuschelhasen habe ich eben schon mit einer betont beiläufigen Geste vom Bett gekickt. Ich schließe die Augen und konzentriere mich ganz auf seine Lippen, seine Zunge, seine Hände. Mhhh, das macht er richtig gut. Verdammt gut sogar. Bloß nicht aufhören, schön weitermachen, jaaaa, genau da sollst du mich berühren, gut so …

Eine Stunde später liegen wir beide nebeneinander auf dem Rücken – so gut das eben geht, in einem Neunzig-Zentimeter-Bett – und schauen selig grinsend an die Decke. Simon raucht.

«Magst du auch eine?», fragt er und hält mir das Päckchen hin.

«Nee, danke.» Diesen Moment werde ich mir nicht durch das qualvolle Paffen von Zigaretten kaputtmachen. Diesen Moment werde ich auskosten, genießen und in guter Erinnerung behalten – immerhin hatte ich eben sage und schreibe vier, nochmal zur Verdeutlichung: VIER, das ist die Zahl nach drei, vier tolle, großartige, euphorische Orgasmen.

O Mann. So lasse ich mir One-Night-Stands gefallen. Ja, das hat was.

Simon liegt neben mir, die Zigarette hat er mittlerweile aufgeraucht, und schaut mich an.

«Was?», frage ich und grinse.

«Machst du so was eigentlich öfter? Ich meine, geht das
bei dir immer so schnell?»

Puh, was soll ich jetzt darauf sagen. Wenn ich es bejahe, denkt er noch, ich wäre eine Schlampe oder so. Andererseits war das eben schließlich tatsächlich erst das zweite Mal, das ist ja nicht ‹öfter› oder ‹immer›. Da kann ich guten Gewissens sagen: «Nein, eigentlich nicht.»

Das scheint Simon zu beruhigen. Er sieht mich weiter an. «Du bist wunderschön.» Seine Stimme klingt plötzlich sehr ernst.

«Ach, Quatsch. Ich sehe vollkommen durchschnittlich aus. Aber danke trotzdem. Für das Kompliment und für das eben. Das war einfach … wow. Ich weiß gar nicht, wie ich das in Worte fassen soll.»

«Ich muss dir danken. Ich hätte nie gedacht, dass eine Frau wie du mal mit einem wie mir …»

«Jetzt hör aber mal auf mit dem Mist. Was soll das denn heißen, ‹mit einem wie dir›? Du bist doch ein wahnsinnig toller Typ.» Langsam wird mir das unheimlich. Wieso wird Simon plötzlich so weinerlich? Vielleicht hat er auch ein gebrochenes Herz und braucht Selbstbestätigung.

«Findest du echt?»

«Ja. Natürlich! Du bist charmant. Und witzig. Und du siehst gut aus. Und ich hatte gerade verdammt guten Sex mit dir. Das ist doch eine ganze Menge.» Man muss diesen armen Jungen aufbauen, derartige Komplexe hat er wirklich nicht nötig.

«Du bist toll. Danke.» Jetzt ist er richtig gerührt. «Ich bin so froh, dass ich dich getroffen habe. Und jetzt schlaf schön. Ich bring dir morgen Frühstück ans Bett, ja?» Simon dreht sich auf die Seite in Schlafposition und legt den Arm um mich.

«Ich, äh, ich wollte eigentlich nach Hause …», stottere ich. Wenn ich hier bleibe, dann verstößt das doch schon wieder gegen die goldenen One-Night-Stand-Regeln! Kein peinliches Geplänkel mehr am Morgen danach; das hatte ich mir doch fest vorgenommen. Ich richte mich auf und suche neben dem Bett nach meiner Unterwäsche.

«Was?» Ich blicke in schreckgeweitete Augen. «Du kannst doch jetzt nicht einfach so gehen! Warum denn? Hast du einen Freund?»

Simon schaut so herzerweichend, dass ich jetzt unmöglich abhauen kann. «Nein, habe ich nicht. Ich dachte nur … Ach, schon gut. Ich bleib hier.» Vielleicht ist es auch ganz nett, heute Nacht noch ein bisschen im Arm gehalten zu werden. Um meinen Zärtlichkeits-Akku wieder aufzuladen.

Simon grunzt zufrieden und zieht mich an sich heran. In Löffelchenstellung liegen wir in seinem winzig schmalen Bett – andere Positionen lässt es auch gar nicht zu –, ich vorne, er hinten, und er schläft ein. Bei mir klappt das allerdings nicht so gut. Dabei sollte ich nach den vier (vier!! Es waren wirklich VIER!) Orgasmen eben eigentlich entspannt genug sein. Aber dieses Bett ist wirklich die Hölle. Nicht nur klein, sondern auch durchgelegen. Simons Arm ruht bleischwer auf meiner Hüfte, und natürlich, wie sollte es anders sein, fängt er jetzt auch noch an zu schnarchen. Na ja, vielleicht kann man das noch nicht schnarchen nennen, aber immerhin atmet er ziemlich laut, und das auch noch genau in mein Ohr. So kann doch kein Mensch schlafen. Ich muss hier weg. Aber möglichst so, dass er das nicht mitbekommt.

Mit Bewegungen, die wahrscheinlich jeden Schlangenmenschen neidisch gemacht hätten, winde ich mich unter seinem Arm hervor. Der schwierigste Teil wäre geschafft, er ist nicht aufgewacht, sondern hat nur kurz irgendwas gemurmelt. Ich hebe den peinlichen Kuschelhasen vom Boden auf und schiebe ihn unter seinen Arm. Dann ist er wenigstens nicht ganz alleine, morgen früh beim Aufwachen. So leise wie möglich ziehe ich mich an und schleiche Richtung Tür. Halt. Meine Telefonnummer sollte ich zumindest dalassen, das wäre sonst doch ziemlich abgefuckt. Ich suche auf seinem Schreibtisch nach einem Zettel, finde einen und kritzele «Danke für die tolle Nacht. Cobra» sowie meine Handynummer darauf. Jetzt aber nichts wie weg, ich habe wirklich keine Lust darauf, dass er aufwacht und mir am Ende noch eine Szene macht. Ich will doch einen stilvollen Abgang, damit ich den Abend auch morgen früh noch mit einem wohligen Gefühl als Erfolg verbuchen kann.

Auf Zehenspitzen tapse ich zur Tür und schließe sie gefühlvoll und fast geräuschlos. Puh, geschafft. Wo war nochmal die Wohnungstür? Nicht, dass ich mich da jetzt vertue und am Ende noch bei seinem japanischen Mitbewohner im Zimmer lande oder so. Ach, dahinten, genau. Zielstrebig laufe ich durch den Flur auf die rettende Tür zu, fast habe ich sie erreicht, als – ein kreischender, fauchender, verzerrter Schrei mir durch Mark und Bein fährt. Verdammt, ich bin auf die Katze getreten! Ob das jetzt Muschi oder Sushi ist, kann ich leider nicht erkennen, jedenfalls springt dieses Vieh mit grün funkelnden Augen an mir hoch und haut mir seine Krallen in den Unterarm. Jetzt ist es an mir, einen kreischenden, verzerrten Schrei von mir zu geben. Mist, hinten im Zimmer geht auch prompt das Licht an, raus hier. Ich springe über die Katze – mit der ich nach ihrer Racheaktion nun auch kein Mitleid mehr empfinde – zur Tür und bin raus. Hastig renne ich die Treppe runter und aus dem Haus. Erst als ich um die Ecke in die nächste Straße gebogen bin, bleibe ich keuchend stehen. Na ja, war wohl nix mit stilvollem Abgang. Aber wenigstens musste ich mich nicht mehr vor Simon rechtfertigen, warum ich doch nach Hause gehen wollte.

Es dämmert bereits, als ich durch die Wohlwillstraße Richtung Schulterblatt laufe. Die ersten Vögel brüllen sich schon die Seele aus dem Leib. Unglaublich, wie laut diese Biester morgens sein können. Als würden sie es so richtig auskosten, dass sie in der schlafenden Stadt noch nicht wie sonst vom Verkehrslärm übertönt werden.

Auch ich genieße die menschenleere Straße und gehe todmüde, aber mit einem zufriedenen Grinsen auf dem Gesicht nach Hause. Der Abend hat sich trotz einiger Turbulenzen sehr gelohnt. VIER!!

Als ich gegen Mittag aufwache, scheint die Sonne in mein Zimmer. Ich räkele mich unter der Bettdecke, lasse den gestrigen Abend an mir vorüberziehen und das Gefühl dabei ist: gut. Ich habe weder einen schlimmen Kater noch einen furchtbaren Typen neben mir im Bett liegen. Ich werde bei meinen zukünftigen *Tanzhallen*-Besuchen nicht als *die von neulich* wiedererkannt werden und falle auch nicht unangenehm bei Laura auf. Kurz gesagt: Ich hatte guten, unverbindlichen Sex mit einem tollen Typen und damit den perfekten One-Night-Stand. Na ja, an meinem Abgang muss ich noch ein bisschen arbeiten. Ich bin trotzdem stolz auf mich, und wenn das immer so läuft, dann kann das wirklich helfen, beim Egostreicheln und Lebenauskosten.

In der Küche treffe ich einen neugierigen Pekka am Frühstückstisch.

«Erzähl, erzähl, erzähl! Du bist auf jeden Fall nach mir gekommen, ich hab die Tür heute Morgen gehört. Das ist wahrscheinlich ein gutes Zeichen, oder?», fragt er und schaut in seine Cornflakes-Schüssel.

«Die Dame genießt und schweigt», versuche ich mich in einem arroganten Tonfall und gieße mir Kaffee ein. Zu gerne würde ich Pekka eine Retourkutsche verpassen, schließlich schweigt er sich ja auch die meiste Zeit über sein Liebesleben aus. Aber andererseits brenne ich darauf, meine Geschichte von gestern Abend loszuwerden. Wenn ich sie nicht bald jemandem erzählen kann, platze ich.

«Toll war's!», bricht es aus mir heraus, als Pekka sich zu so gar keiner Nachfrage herablässt. «Ich hatte verdammt guten Sex. Alles war wunderbar unkompliziert und einfach. Na ja, bis auf die Tatsache, dass ich beim Abhauen auf Muschi getreten bin.»

Pekka schaut verwirrt auf.

«Vielleicht war's auch Sushi, egal, es war jedenfalls eine sehr lohnenswerte Nacht. Diese One-Night-Stand-Sache fängt langsam an, Spaß zu machen. Dass es so simpel ist! Warum brauchen da andere Menschen noch umständlich das Internet oder Kontaktanzeigen? Man kann doch einfach in einen beliebigen Club spazieren und jemanden ansprechen, der einem gefällt!» Ich werde umso euphorischer, je länger ich darüber nachdenke.

«Hey, hey, langsam, Cobra. Freut mich ja für dich, dass das gestern gut lief. Aber immer klappt das auch nicht. Verlass dich nicht zu sehr darauf, sonst bist du beim nächsten Mal frustriert, wenn du einen Korb kriegst oder der Kerl doch nicht so toll ist wie gedacht.»

«Jaja, du hast ja Recht. Aber mit Simon hatte ich einfach einen richtigen Glücksgriff.» Bei dem Gedanken an die vier Orgasmen schiebt sich schon wieder ein fettes Grinsen in mein Gesicht. «Da hat einfach alles gestimmt. Oh, SMS, Moment.»

Mein Handy piept zweimal, ich drücke auf «Nachricht anzeigen». Hm, von einer unbekannten Nummer, ich drücke nochmal und der Text erscheint:

«WARUM BIST DU GESTERN NACHT GEGANGEN??? HAT DIR DAS DENN GAR NICHTS BEDEUTET? DA IST DOCH WAS ZWISCHEN UNS! DAS MUSST DU DOCH AUCH GESPÜRT HABEN!! RUF MICH BITTE AN! DEIN SIMON»

«Ach du Scheiße», stöhne ich auf.

«Was denn?» Pekka lugt mir neugierig über die Schulter. Ich halte ihm wortlos mein Handy hin.

«Oha.» Jetzt grinst er. «Da hat sich dein wunderbar unkomplizierter One-Night-Stand wohl ein bisschen in dich verknallt, was? Warum hast du ihm auch deine Handynummer gegeben?» Er schüttelt verständnislos den Kopf.

«Na hör mal, für wie abgebrüht hältst du mich eigentlich? Der Kerl war sympathisch und wir haben Körperflüssigkeiten ausgetauscht, da hält man doch wenigstens ein paar Höflichkeitsregeln ein.»

«Ja, und das hast du jetzt davon. Was machst du nun? Rufst du ihn an oder stellst du dich tot?»

«Natürlich rufe ich ihn an. Das wäre ja wohl das Letzte, wenn ich es nicht machen würde. Ich bin da nicht so eiskalt wie du mit deinen Tussen. Außerdem muss diese SMS ja nicht gleich heißen, dass er sich in mich verliebt hat. Vielleicht will er mich einfach nochmal treffen, warum auch nicht, es war doch alles prima zwischen uns», entgegne ich trotzig. Pekkas feixender Blick regt mich auf. Ich lasse mir diese Nacht nicht im Nachhinein von ihm vermiesen. Das war schon alles gut so.

«Am besten rufe ich jetzt gleich zurück», sage ich betont lässig und drücke demonstrativ auf «Rückruf». Es tutet einmal, dann ist er schon dran.

«Hallo, Simon. Hier ist Cobra. Wir haben uns gestern Abend in der *Tanzhalle* kennen gelernt, weißt du noch?» Himmel, was für eine blöde Frage. Natürlich weiß er das noch, sonst hätte er mir ja nicht diese hochdramatische SMS geschickt, aber ich will, dass diese Sache vor Pekka so cool wie möglich rüberkommt.

«Cobra! Ja! Natürlich weiß ich das noch, was denkst du

denn? Hast du meine SMS nicht gekriegt? Wo warst du denn auf einmal heute Nacht? Ich bin aufgewacht, und plötzlich warst du weg! Was war denn? Hab ich was falsch gemacht? Ich fand's total schön mit dir, du nicht?»

Zum Glück hört Pekka nicht, was Simon da so aufgeregt und mit krächzender Stimme in den Hörer plappert.

«Ja, ich fand's auch nett», sage ich möglichst unemotional. «Aber ich wache morgens lieber in meinem eigenen Bett auf, weißt du?»

«Ach so. Es lag also nicht an mir? Ich hab mir schon Gedanken gemacht. Sehen wir uns heute?»

«Heute?» Oh, der ist ja wirklich hartnäckig. Pekka grinst mich boshaft an. Den Triumph werde ich ihm nicht gönnen. Ich werde nicht zugeben, dass mein perfekter One-Night-Stand gescheitert ist, weil ich mir jemanden ausgesucht habe, der eventuell gar nicht bloß unverbindlichen Sex mit mir haben wollte.

«Heute, klar, warum nicht. Gegen fünf auf 'nen Kaffee im *Saal II*?»

«Ja! Toll! Ich freu mich auf dich! Soll ich dich zu Hause abholen?»

«Äh, nee, lass uns uns doch da treffen. Bis nachher dann.»

«Ja, bis nachher, Cobra. Ich zähle die Stunden. Ciao!»

Ich lege auf. Pekka grinst noch immer.

«Was denn? Guck nicht so!», rege ich mich auf. «Wer sagt denn, dass man One-Night-Stands nicht nochmal unverbindlich wieder treffen darf? Gibt's da auch eine Regel? Es war doch nett.»

«Unverbindlich, jaja, ich verstehe. Mach du mal. Aber beschwer dich nachher nicht.» Pekka nimmt seine Cornflakes-Schüssel, wirft mir noch einen letzten Blick zu und verschwindet aus der Küche.

Ich bleibe noch ein bisschen sitzen und rühre gedankenverloren in meiner Kaffeetasse. Ein richtig gutes Gefühl habe ich bei dem Treffen nachher mit Simon nicht. Ob er sich wirklich in mich verknallt hat? Aber wieso bloß? Er kennt mich doch gar nicht. Bis auf das kurze Geplänkel über Studium und Bands in der *Tanzhalle* und das post-koitale Gesäusel haben wir überhaupt nicht miteinander geredet. Er weiß gerade einmal meinen Namen, welche Musik ich höre und was ich studiere und wie mein Grinsen nach einer Nacht mit vier Orgasmen aussieht. Reicht das, um sich ernsthaft in jemanden zu verlieben?

Wir werden sehen. Vorher habe ich allerdings noch etwas Wichtiges zu erledigen: Rache an Tini steht heute auf dem Programm. Ich suche nach meiner großen Reisetasche und mache mich auf den Weg Richtung Isestraße. Vielleicht habe ich ja Glück, und ihre Hundesitterin dreht demnächst mit der kleinen Chantal ihre Gassi-Runde.

Bingo! Als ich vor dem Haus stehe, biegen sie gerade um die Ecke. Ich nähere mich vorsichtig,

«Entschuldigung, können Sie mir vielleicht sagen, wie spät es ist?», frage ich die Omi so wohlerzogen wie möglich. Sie soll sich ganz sicher fühlen.

«Ja, Kindchen, einen Moment ...» Sie nestelt an ihrer Uhr herum. Chantals Leine hängt dabei locker über ihrem Arm. Das ist meine Chance! Ich schnappe mir den verdutzten Chihuahua, stopfe ihn in meine Tasche, und bevor die Omi noch anfangen kann zu schreien, bin ich schon davon. Hoffentlich kriegt die alte Dame jetzt keinen Herzkasper, schließlich will ich mich nicht an ihr, sondern an Tini rächen.

An der nächstgelegenen Haltestelle springe ich japsend in den Bus. Das wäre geschafft. Mal schauen, wie die kleine Ratte meinen Spurt eben überstanden hat. Vorsichtig ziehe ich den Reißverschluss der Tasche auf – und sehe gebleckte kleine, messerscharfe Zähne. Chantal ist offensichtlich sauer. Wenigstens knurrt sie nur und bellt nicht.

Irgendwie gelingt es mir, Chantal unbeobachtet in mein Zimmer zu schaffen. Offenbar ist von meinen Mitbewohnern keiner zu Hause. Die Töle ist mittlerweile von ihrem Geknurre zu einem hysterischen Kläffen übergegangen. Chantal fühlt sich augenscheinlich nicht besonders wohl mit mir. Ich mich mit ihr aber auch nicht.

Und wie versetze ich Tini jetzt am besten in Angst und Schrecken? Ich muss ihr ja nun auch irgendetwas androhen, das gehört zu einer Entführung schließlich dazu. In einem guten Mafia-Film würde ich ihr jetzt ein Ohr oder ein Beinchen von Chantal schicken, damit sie sieht, dass ich es wirklich ernst meine. Aber ich bin ja keine Hundemetzgerei, das fände ich ein bisschen zu eklig, und Dreck macht es auch. Hm. Mal überlegen. Ha, das ist es! Ich mache ein Vorher-/Nachher-Bild!

Ich gehe in die Küche und gucke in den Kühlschrank – da liegt tatsächlich noch das Hähnchen, das Laura und der Ulf eigentlich heute kochen wollten. Sehr gut. Ich nehme den kahlen kalten Vogel heraus und greife hinein – widerlich, aber da muss ich jetzt durch. Wie erwartet ist im Inneren des Hähnchens noch der Beutel mit Hals und Innereien. Perfekt. Ich drapiere sie auf einem Teller. Sieht schon ganz gut aus, aber ein bisschen was fehlt noch. Im Gefrierfach finde ich noch eine Portion Tiefkühl-Hackfleisch. Mit dem Föhn aus dem Bad ist das im Handumdrehen aufgetaut, und ich matsche das Ganze zu den Innereien. Mein Nachher-Bild. Sieht exakt aus wie ein Chihuahua, der in den Mixer geraten ist. Ich sollte über eine Karriere als Horrorfilmerin nachdenken.

Zurück in meinem Zimmer schnappe ich die Digitalkamera. Zuerst ist der Hund dran. Aufs Fesseln und Knebeln verzichte ich jetzt mal einfach, am Ende beißt mich das Vieh noch.

«Bitte lächeln!» Ich drücke ab. Eine Sekunde später erscheint auf dem Display ein wütender Chihuahua mit ge-
fletschten Zähnen. Sehr schön. Jetzt schnell in die Küche und das rohe Fleisch geknipst. In Nahaufnahme sieht das noch fieser aus.

Ich setze mich an mein Laptop und lade die Bilder hoch. Chantal hockt dabei zitternd in der Zimmerecke und beobachtet mich argwöhnisch. Nun muss ich nur noch einen anonymen E-Mail-Account eröffnen – donna_corleone@gmx.de ist noch frei –, und dann maile ich Tini direkt an ihre Hoteladresse:

«Einen schönen Hund hast du da. Wirklich, gefällt mir sehr gut, dein Hund. Wäre doch schade, wenn ihm etwas zustoßen würde, deinem Hund? Achte in Zukunft besser darauf, mit wem du dich umgibst. Du hast Kontakte, die nicht gesund für dich sind. Nicht für dich und auch nicht für deinen kleinen schönen Hund. Sei vorsichtig. Sonst sieht er bald nicht mehr so aus – (ich füge das Bild von Chantal ein), sondern so. (Jetzt kommt das Hackfleisch-Bild.) Und: Harharhar, keine Polizei.»

Bei «harharhar» habe ich so ein fieses Kater-Carlo-Entführungs-Lachen im Kopf, hoffentlich kapiert Tini das auch via E-Mail. Befriedigt drücke ich auf Senden. Sie wird leiden, leiden, leiden. Das wird sie fertig machen. Mir geht's gleich schon viel besser. Chantal ist mittlerweile wohl vom vielen Knurren und Kläffen müde geworden, sie schläft tatsächlich und ich kann beruhigt zu meinem Treffen mit Simon.

Vor dem *Saal II* läuft Simon mit weit geöffneten Armen und freudestrahlenden Augen auf mich zu und begrüßt mich mit einem Zungenkuss. Und wenn dieser Kuss gegenüber letzter Nacht auch nichts an Qualität verloren hat, ist mir das doch ein wenig unangenehm. Ich knutsche nun einmal
 nicht gerne am helllichten Sonntagnachmittag in aller Öffentlichkeit auf dem Schulterblatt herum, das habe ich noch nie gerne gemacht. Schon mit Tim nicht, wir haben immer gelästert über all diese Paare, die sich vor aller Augen gegenseitig abschlecken und ihrer Umwelt Zungen und Speichelfäden in Endloseinstellung präsentieren.

Ich versuche, den Kuss also so dezent wie möglich abzukürzen, und drehe den Kopf zur Seite. «Hallo, Simon. Na, alles klar bei dir?», brumme ich distanziert, aber durchaus freundlich.

«Jetzt schon», strahlt er zurück.

Wir setzen uns in die hintere Hälfte des Cafés, und eigentlich, eigentlich läuft alles prima. Simon ist wirklich ein guter Typ, und bis auf die Momente, in denen er plötzlich verstummt und mich verzückt anstarrt, verbringen wir einen sehr angenehmen Nachmittag miteinander. Dass er sich in mich verguckt hat, liegt zwar auf der Hand, aber ich verhalte mich weiterhin freundschaftlich-distanziert. Irgendwann wird er ja wohl merken, woran er bei mir ist, und seine kleine Schwärmerei wieder aufgeben. Wahrscheinlich ist er nur noch etwas euphorisiert durch den guten Sex letzte Nacht, das kann man schnell mit Verknalltheit verwechseln. Seine Hormone müssen sich einfach wieder beruhigen. Das wird schon.

«Hast du Lust, noch eine Runde im Park spazieren zu gehen?», frage ich ihn drei Espressi später.

Simon hat Lust, und so marschieren wir Richtung Planten un Blomen. Er greift ein paarmal nach meiner Hand, aber ich ziehe mich jedes Mal elegant aus der Affäre, indem ich vorgebe, mir dringend die Nase putzen oder die Schuhe neu binden zu müssen. Und dafür braucht man ja schließlich zwei Hände.

Schließlich gebe ich doch einmal nach und lasse mich von ihm küssen. Das ist allerdings ein Fehler.

«Kommst du mit zu mir oder gehen wir diesmal zu dir?», haucht er mir nach dem Kuss ins Ohr. Verdammt. So wird das nix mit der freundschaftlichen Distanz.

«Mit zu dir …? Ich habe leider gar keine Zeit, muss heute Abend unbedingt noch was für die Uni tun», stottere ich vor mich hin. Nur schnell weg. «Ich muss jetzt leider auch sofort los. Ich steig dann hier direkt in den Bus. Bis bald, ja?», flöte ich Simon zu und eile aus dem Park hinaus Richtung Haltestelle. Da kommt der Bus auch schon angefahren.

«Cobra, was …? Na gut, dann tschüs. Sehen wir uns morgen? Ich ruf dich an», brüllt Simon mir hinterher, und ich tu so, als hätte ich das nicht mehr gehört.

Warum muss das immer alles so kompliziert sein mit den Männern? Ich bin doch noch ganz und gar nicht so weit, mich schon wieder auf etwas Festeres einzulassen, so nett Simon auch ist. Prinzipiell spräche ja gar nichts dagegen, ihn ab und zu wieder zu sehen, zu quatschen, Sex zu haben. Aber doch nicht jeden Tag! Seltsam, dass immer nur uns Mädels unterstellt wird, wir würden uns sofort verknallen und *klammern*. Vielleicht sollte Simon mal ein paar dieser Frauenzeitschrifts-Ratschläge lesen: «Lassen Sie Ihrem Partner Freiräume, fordern Sie nicht zu viel ein! Durch Abwesenheit machen Sie sich oftmals interessanter als durch ständige Präsenz!» Willste gelten, mach dich selten. Stimmt meistens sogar. Hach. Ich seufze so laut auf, dass sich der

Rentner, der vor mir sitzt, umdreht. Mein Leben ist ein einziges Chaos, seitdem ich nicht mehr mit Tim zusammen bin. Früher war alles einfacher.

Aber irgendwie auch, hm, langweiliger.

Der Bus hält und ich schlendere von der Haltestelle nach

Hause. Der fehlende Schlaf der letzten Nacht sitzt mir noch bleischwer in den Knochen. Auf den Stufen vor meinem Haus hocken drei etwa siebzehnjährige Mädels. Ständig muss man sich hier durch Stadtteiltouristen kämpfen, die mit Beck's-Gold-Flaschen in der Hand vor meiner Haustür das *urban-alternative Flair des Schanzenviertels* genießen.

«Kann ich hier vielleicht mal durch?», murre ich und schiebe mich vorbei.

«Wohnst du hier?», fragt die eine mich mit großen Augen.

«Nein, ich wollte nur mal ausprobieren, ob mein Schlüssel zufällig auch hier passt», fauche ich zurück. «Natürlich wohne ich hier!»

«Cool.» Das Mädchen lässt sich nicht aus der Ruhe bringen und schaut bewundernd zu mir hoch. Ich sollte mir ernsthaft überlegen, in ein anderes Viertel zu ziehen, nach Steilshoop oder so.

Im Hauseingang treffe ich Pekka, der sich gerade auf den Weg zur Arbeit in der Bar macht.

«Hey», gähne ich ihm entgegen, «wie hältst du das eigentlich auf Dauer aus, mit diesen Arbeitszeiten? Mich bringt ja schon ein einziger solcher Abend pro Woche um.»

«Alles eine Frage des Trainings. Ich mache das jetzt ja immerhin schon seit fast fünf Jahren, irgendwann gewöhnt man sich dran. Außerdem bringt der Job ja auch Spaß. Wird selten langweilig, besonders nicht, wenn hübsche Frauen in der Bar sind.» Er grinst anzüglich.

«Das glaube ich dir aufs Wort. Wolltest du eigentlich nie etwas anderes werden als Barkeeper?»

«Ach, ursprünglich bin ich natürlich zum Studium nach Hamburg gekommen. Medizin.»

«Du willst Arzt werden?» Jetzt bin ich aber platt.

«Ich wollte. Mittlerweile habe ich den Plan irgendwie aufgegeben. Keine Lust auf dieses geregelte Leben und auf so viel Stress. Ich hasse es, wenn andere Menschen über meine Lebenszeit verfügen wollen. Das Gerangel um möglichst viel Knete hat irgendwie etwas Demütigendes, findest du nicht?»

«Ja, klar, aber von irgendwas muss man doch leben.» Dabei fällt mir ein, dass ich mich ja eigentlich auch schon längst wieder um eine Einnahmequelle kümmern wollte.

«Ich lebe gerade ganz gut von der Bar. Für mich reicht's zumindest. Und wie es aussieht, bekommen wir mit *Tangopojat* wohl tatsächlich bald einen Plattenvertrag. Ich hab heute mit Jussi, einem aus der Band, telefoniert, und die haben uns ein ziemlich gutes Angebot gemacht. Vielleicht wohnst du bald mit einem Star zusammen, wie findest du das?» Er grinst mich an.

«Oje, damit ich noch mehr Groupies von dir nachts im Flur begegnen darf? Nee danke», winke ich ab. «Außerdem wird dann die *Python Bar* sicher so etwas wie eine Pilgerstätte für deine Fans, so wie Sartres *Café de Flore* in Paris. Oder die Konditorei von Heino in Bad Münstereifel», kichere ich.

«Jaja, lach du nur. Warte mal ab, du wirst eines Tages noch froh sein, dass du mich kennst.»

«Das bin ich doch jetzt schon. Sehr sogar.» Ich blicke ihn ernst an. «Wirklich, Pekka, wenn es dich nicht gäbe, wäre ich wahrscheinlich schon längst in meinem Selbstmitleid ertrunken. Danke fürs Rausholen. Wir kennen uns erst seit so kurzer Zeit, und du bist mir schon verdammt wichtig geworden. Das hatte ich bisher erst mit wenigen Menschen. Das ist etwas Besonderes, und du sollst wissen, dass ich es zu schätzen weiß. Sehr.»

«Ach, Cobra, komm schon, jetzt werde ich ja ganz gerührt.» Ihm stehen tatsächlich ein paar Tränchen in den Augen. «Das mache ich doch gerne. Wäre ja schade, wenn eine Frau wie du sich nur in ihrem Zimmer vergraben würde. Und jetzt lass dich mal drücken.» Er schließt mich fest in seine tätowierten Arme. Gut fühlt sich das an. Aufgehoben. Geborgen. Stundenlang könnte ich so mit ihm stehen, hier im Hausflur, meinen Kopf an seiner Brust. Dieses Gefühl kann mir so schnell kein One-Night-Stand der Welt liefern.

«So, und nun muss ich los, sonst komme ich zu spät.»

Nur widerwillig löse ich mich aus der Umarmung.

«Bis dann. Ich hab morgen übrigens frei, hast du Lust, was zu unternehmen? Irgendwas Entspannendes? Ich würde gerne mal wieder raus aus Hamburg. Bisschen Natur sehen oder so. Kommst du mit?»

Ich nicke, und schon fällt die Tür hinter ihm ins Schloss. Warum hat ein Typ wie Pekka eigentlich keine Freundin, warum versteckt er sich hinter dieser Schwulen-Lüge? Er könnte doch Tausende haben. Aber wahrscheinlich ist das mit Beziehungen für ihn ähnlich wie mit Arbeitsverhältnissen: Andere Menschen sollen wohl nicht über seine Lebenszeit verfügen. Recht hat er irgendwie. Ich fange ja auch langsam an, die Vorzüge des Single-Daseins zu genießen. Komplett alleine bestimmen zu können, wie mein Tag aussieht, frei zu entscheiden, wann ich nach Hause komme, ohne dabei auf jemanden Rücksicht nehmen zu müssen. Andererseits nimmt nun auch keiner mehr auf mich Rücksicht. Hm.

Als ich meine Zimmertür aufmache, trifft mich fast der Schlag. Chantal, diese kleine, winzige Wurst, hat es geschafft, mein Zimmer in den letzten drei Stunden in ein komplettes Schlachtfeld zu verwandeln. Zwei meiner Kissen hat sie komplett zerrupft, alle Pflanzen ausgebuddelt, und auf den Teppich hat sie auch noch gepinkelt. Na bravo. Jetzt sitzt sie da zwischen Federn und Blumenerde und schaut mich triumphierend an. Das ging ja komplett nach hinten los. Eigentlich sollte diese Aktion doch *meine* Rache sein, stattdessen sieht es gerade so aus, als hätte Tini mir diese Heimsuchung von einem Hund auf den Hals gehetzt, um mich fertig zu machen. So geht das doch nicht. Was mache ich denn nun mit dem kleinen Mistvieh? Doch fesseln und knebeln?

Während ich noch überlege, klingelt es an der Tür. Wer ist das denn jetzt schon wieder? Ich mache auf – und kassiere eine Ohrfeige. Vor mir steht Tini und schnaubt vor Wut. «Das ist ja wohl das Aller-, Allerletzte, Cobra! Hast du sie noch alle? Gib mir sofort meine Chantal zurück!»

«Ich, Chantal, wer, wieso ich? Ich weiß gar nicht, was du meinst», versuche ich mich rauszureden, eine Hand an der brennenden Wange.

«Ach, hör doch auf. Ist doch wohl klar, dass du dir diese Scheiße ausgedacht hast. donna_corleone@gmx.de, wer außer dir kommt denn sonst auf so einen Mist? Außerdem hat dich Frau Pohlheim eindeutig beschrieben. Rote Trainingsjacke und gammlige Jeans! Und jetzt lass mich durch!» Rigoros drückt sich Tini an mir vorbei in die Wohnung und stampft in mein Zimmer, aus dem hysterisches Kläffen dringt.

«Chantal, Schätzchen, da bist du ja! Du brauchst keine Angst mehr zu haben, Frauchen ist wieder bei dir!» Sie drückt dem Vieh doch tatsächlich einen Kuss auf die

Schnauze. Scham und Ekel mischen sich in mir. «War die böse Frau sehr gemein zu dir?» Sie wirft einen vernichtenden Blick in meine Richtung.

«Ich kann mir übrigens denken, warum du diese traurige Show hier abgezogen hast», faucht Tini weiter. «Aber keine Angst, ich hab überhaupt kein Interesse an deinem Tim. So ein totaler Langweiler, nicht mal für ein bisschen Spaß ist der zu haben. Na ja, kein Wunder, dass dem die Lust vergangen ist, nach sechs Jahren Beziehungshölle mit dir!» Sie rauscht an mir vorbei, den Chihuahua an die Brust gedrückt. «Du kannst übrigens froh sein, dass ich dich nicht anzeige, du Hundeschänderin!», brüllt sie durch den Flur, bevor sie die Haustür hinter sich zuschlägt.

Uff. An der Subtilität meiner Verbrechen muss ich offenbar noch arbeiten. Aber irgendwie bin ich fast froh, dass die ganze Sache aufgeflogen ist. Wie hätte ich mit dieser wild gewordenen Ratte die Nacht in meinem Zimmer überstehen sollen? Außerdem weiß ich nun, dass Tim Tini hat abblitzen lassen. Und das gibt mir mehr Genugtuung als jeder entführte Chihuahua dieser Welt.

Am nächsten Morgen weckt mich mein piepsendes Handy mit einer SMS. «GUTEN MORGEN, LIEBE COBRA, ICH HOFFE, DU HATTEST SCHÖNE TRÄUME. WANN SEHEN WIR UNS HEUTE? KUSS, SIMON»

Mit einem Seufzer lasse ich mich zurück aufs Kopfkissen fallen. Diese Sache fängt langsam an, anstrengend zu werden. Ich beschließe, die Nachricht erst einmal zu ignorieren, und gehe duschen.

Eigentlich müsste ich heute mal wieder in die Uni und ein bisschen Literaturrecherche betreiben. Ich brauche noch ein gutes Hausarbeitsthema für meinen allerletzten

Schein. Andererseits habe ich absolut gar keine Lust, mich dort durch die staubigen Regale zu quälen. Jedes Mal, wenn ich die Institutsbibliothek betrete, bekomme ich mit sofortiger Wirkung schlechte Laune. Graue Metallregale, graue Arbeitstische, ein paar ungeliebte, vertrocknete Topfpflanzen auf den Fensterbänken – trostloser und deprimierender als jede Behörde. Wie soll man denn bitte an so einem Ort motiviert arbeiten?

Ich beschließe, dass es auch noch reicht, wenn ich mich dazu morgen überwinde, und mache von zu Hause aus erst einmal eine Recherche im OPAC, dem elektronischen Katalog. Wenn ich als Schlagwörter *poema eroico* und *poema cavalleresco* eingebe, kommt eine lange Liste mit Buchtiteln, von denen einer langweiliger als der andere klingt. Ich bestelle relativ wahllos fünf davon, wobei alle Bücher aussortiert werden, die entweder älter als fünfzig Jahre sind, in Fremdsprachen verfasst sind (ein italienisches lasse ich als Alibi drin) oder sich in Bibliotheken befinden, in denen ich noch nie war. Auch die mit dem Vermerk «Standort Lesesaal, vor Ort entnehmen, nicht ausleihbar» ignoriere ich. Der Lesesaal der Unibibliothek blieb während meines gesamten Studiums ein unheimlicher Ort. Ich war einfach noch nie dort. Eigentlich hatte ich seit dem ersten Semester vor, an einer der ständig angebotenen Bibliothekseinführungen teilzunehmen, aber irgendwie kam immer etwas dazwischen. Und so gibt es leider bis heute im großen Komplex der Hamburger Staats- und Universitätsbibliothek Räume und Abteilungen, die für mich mysteriöser klingen als für Harry Potter die *Kammer des Schreckens* in Hogwarts. *Handschriftensammlung* zum Beispiel. Oder *Microfiche-Archiv*. Was mögen dort für Menschen sitzen? Geht da überhaupt noch jemand hin, zu Zeiten, in denen die Hälfte meiner Kommilitonen ihre Quellen mit «Das stand im Internet» angeben? Vielleicht hält dort die Derrida-Clique ihre geheimen Versammlungen ab?

Ich schicke die Bestellung für meine fünf Bücher ab. Das muss für heute reichen, abholen kann ich sie ja sowieso erst morgen.

Was wollte ich denn sonst noch heute erledigen? Da war doch was. Ach ja, Pekka wollte etwas mit mir unternehmen. Aber der schläft wahrscheinlich noch, wenn er gestern arbeiten war. Bleibt also noch genügend Zeit, um mich um einen neuen Job zu kümmern. Das Einfachste wäre wohl, wieder bei der Promo-Agentur nachzufragen. Schlimmer als die Frau-Antje-Aktion letztes Mal kann es ja kaum werden. Am besten schau ich da gleich mal vorbei.

«Cornelia, wie schön, hallo! Hast du wieder Zeit, einen Job für uns zu machen? Super!», begrüßt mich Oliver in der Agentur.

«Ja, deshalb bin ich hier. Habt ihr was für mich?»

«Super! Moment, lass mich mal nachsehen …» Er blättert einen Stapel Papiere durch. «Ah, da hab ich doch was. Wieder im Food-Bereich, ist dir das recht?»

Ich seufze. «Solange es nicht wieder was mit Käse zu tun hat …»

«Nee, Mais. Es gibt zwei verschiedene Kostüme, du könntest dir eins aussuchen. Das eine wäre ein Maiskolben aus Schaumstoff, in dem du im Paradeschritt durch den Supermarkt marschieren müsstest. Zu dieser alten Bonduelle-Melodie, die wollen die jetzt wiederbeleben. Kennst du die noch? ‹Ja der Mais, ja der Mais, ja der Mais marschiert›.» Oliver intoniert mit Verve den Radetzky-Marsch. «Die Musik käme aber vom Band, singen müsstest du nicht.»

«Wenigstens etwas», murmele ich.

«Das würdest du dann etwa zwei Stunden machen, du müsstest auch nichts verteilen. Und wegen der körperlichen Anstrengung wird das mit doppeltem Stundensatz abgerechnet. Die Häppchen gibt es dann an einem Stand, der in der Konserven-Abteilung steht. Das wäre die Alternative zum Maiskolben: hinter dem Stand stehen. Dabei müsstest du dann einen ziemlich kurzen Rock tragen und so ein bauchfreies Oberteil mit einem Push-up-BH, so von wegen knackiges junges Gemüse und so. Das wäre allerdings auch nur der einfache Stundenlohn. Was ist dir lieber?»

Ich finde die Auswahlmöglichkeiten zwar beide furchtbar, aber irgendwoher muss ich Geld bekommen. «Ich nehme den Maiskolben.» Da verdiene ich zumindest mehr. Und wenn ich Glück habe, erkennt man mich in dem Kostüm nicht.

«Super! Obwohl du für das andere Outfit auch geeignet wärst.»

Soll das jetzt ein Kompliment sein oder eine Beleidigung?

«Aber dafür finden wir sicher noch jemanden, der Job wäre sowieso erst übermorgen. Am frühen Nachmittag. Kannst du da?»

«Ich denke schon», seufze ich.

«Super!» Oliver ist immer so begeisterungsfähig. Ob das eine Art Berufskrankheit ist? «Komm doch am Mittwoch um 14 Uhr hier vorbei, dann kriegst du das Kostüm.»

«Super! Ich freu mich schon», sage ich mit einem sarkastischen Unterton, der Oliver aber zu entgehen scheint.

«Super! Ich mich auch. Bis dann!» Er strahlt mich unbeirrbar an und ich verlasse missmutig das Büro.

Uff. Ob ich mich, wenn ich jemals mein Studium fertig kriegen sollte, später auch noch so für Geld demütigen

muss? Vielleicht sollte ich es mal mit der Tini-Masche versuchen. Sorgfältig ausgewählte Liebschaften, die einem immer großzügige Geschenke zukommen lassen. Mit ihrem Gehalt als Hotelfachfrau könnte sie sich den ganzen Chichi jedenfalls nicht leisten. Nee, ist auch nicht mein Ding. Da
 orientiere ich mich doch lieber an Pekka, der begnügt sich einfach mit weniger. Das macht auf Dauer wahrscheinlich auch glücklicher.

Als ich nach Hause komme, ist mein Herr Mitbewohner auch erwacht und raucht mit Claas einen Guten-Morgen-Joint in der Küche.

«Moin, Cobra», nuschelt Claas. «Willste auch mal? Gutes Zeug, hat mir ein Kumpel aus Holland mitgebracht.»

«Nee, danke. Wirkt bei mir irgendwie nicht so, dass es Spaß macht. Ich werde immer nur müde.»

«Dann hast du das falsche Zeug geraucht. Echt jetzt. Das Gras hier, das ist einfach nur krass. Kickt dich weg, aber nicht so sehr, dass du Paras schiebst. Es macht dich einfach nur glücklich und die Welt um dich herum viel erträglicher.»

Fast glaube ich Claas sogar. Ich habe selten jemanden erlebt, der entspannter durchs Leben geht als er. Und das kurz vor seinem Jura-Examen, während die Hälfte seiner Kommilitonen rund um die Uhr autogenes Training macht oder aber komplett der Hysterie verfallen ist. Claas lässt sich durch nichts aus der Ruhe bringen und bekommt das trotz Dauer-Dröhnung sogar noch mit guten Noten hin. Faszinierend.

Pekka hat in der Zwischenzeit auch schon ein Claas'sches Grinsen aufgesetzt, er sieht rundum zufrieden aus. «Cobra, mein Herz», sagt er etwas schwerfällig und breitet die Arme nach mir aus. «Komm, setz dich zu uns.»

«Wohin denn?» Ich sehe mich suchend in der Küche

um. «Wo sind denn die ganzen anderen Stühle hingekommen?»

«Ach, die sind bei Laura im Zimmer. Die hat gerade Referatsgruppentreffen.»

«Na, dann kann ich euch auch leider nicht Gesellschaft leisten. Ich hab keine Lust, mich auf die Waschmaschine zu setzen.» Froh, einen Vorwand gefunden zu haben, um nicht den beiden bei ihren bekifften Gesprächen zuhören zu müssen, will ich in mein Zimmer verschwinden.

«Mensch, Cobra, komm schon. Bleib da. Ist doch gerade total gemütlich hier. Komm, du kannst dich doch hierhin setzen.» Pekka klopft mit einer ermunternden Geste auf seine Oberschenkel.

«Auf deinen Schoß? Ich weiß nicht», ziere ich mich ein wenig. Aber warum eigentlich nicht? Ich fühle mich immer sehr aufgehoben in Pekkas Nähe.

«Keine Widerrede. Sonst bin ich beleidigt», sagt er und setzt einen treuherzigen Dackelblick auf.

«Na schön.» Ich seufze und tue so, als würde ich mich geschlagen geben.

Es sitzt sich sehr gut auf Pekkas Knien. Er schlingt die Arme von hinten um mich, und wir schauen beide Claas zu, wie er gleichzeitig über seine letzte Strafrechtsvorlesung referiert und versucht, sich einen Löffel an die Nasenspitze zu hängen. Er bekommt es sogar hin und weckt damit Pekkas und meinen Ehrgeiz. In der nächsten halben Stunde sind wir alle drei mit großem Eifer damit beschäftigt, die beste Technik für den Nasenlöffel zu entwickeln. Pekka schummelt, indem er den Kopf ein bisschen nach hinten neigt, während ich heimlich das Metall anhauche, damit es besser kleben bleibt.

Zwischendurch kommt Laura in die Küche, um eine

neue Kanne Roibuschtee für ihre Referatsgruppe zu kochen. Ihr Blick wandert erst skeptisch auf die Löffel an unseren Nasen, dann auf mich auf Pekkas Schoß, dann auf den Joint in Claas' Hand.

«Könnt ihr nicht wenigstens das Fenster aufmachen?», fragt sie in einem etwas gequälten Tonfall. «Das überlebt das Basilikum auf der Fensterbank sonst nie und nimmer.»

Recht hat sie. Es ist mir bis eben gar nicht aufgefallen, dass die Küche bis unter die Decke komplett vernebelt ist. Vielleicht erklärt das auch meine plötzliche alberne Stimmung. Kann man durch Passivrauchen stoned werden? Offensichtlich schon.

Wir versuchen uns zusammenzureißen und schauen sie unschuldig an – kleine Kinder, die gerade beim Quatschmachen überrascht wurden. Kaum ist sie wieder aus der Küche raus, prusten wir los.

Wir schaffen es, geschlagene drei Stunden mit Löffeltricks und anderen Albernheiten totzuschlagen. Claas hat mich zwischendurch doch noch überreden können, zwei- bis dreimal zu ziehen, und ich bin überrascht, dass er Recht hatte. Ich werde diesmal nicht müde, stattdessen erscheint durch sein Supergras um mich herum plötzlich alles in ein weiches, angenehm oranges Licht getaucht. Mir geht es einfach gut. Ich finde alles wahnsinnig komisch, alle Sorgen sind vergessen, und ich sitze auf Pekkas Schoß, als hätte es niemals einen passenderen Ort für mich gegeben.

Doch schließlich sprengt Claas die Runde. «So, Kinder, genug Quatsch gemacht. Ich muss mich jetzt wieder an meine Bücher setzen.» Abrupt steht er auf und verschwindet in sein Zimmer.

Pekka und ich sind perplex. Claas scheint doch etwas routinierter zu sein, was den Umgang mit Drogen angeht.

Wir hingegen machen beide nicht den Eindruck, als könnten wir in den nächsten Stunden noch etwas Produktives vollbringen.

Ein wenig ratlos sitzen wir in der Küche herum, bis mir einfällt, dass wir eigentlich heute etwas unternehmen wollten. «Pekka, wollten wir nicht einen Ausflug machen? Raus aus Hamburg und so?»

«Ach ja, stimmt. Lass uns das doch jetzt machen! Los! Wir fahren an die Ostsee!» Er springt auf oder versucht es zumindest, immerhin sitze ich ja noch auf seinem Schoß.

«Hey, Moment. Wie sollen wir denn da jetzt hinkommen? Ich fahre in dem Zustand ganz bestimmt nicht mehr mit dem Bully. Und du auch nicht», bremse ich ihn aus.

«Stimmt, Scheiße. Mensch, dabei hätte ich heute so Lust auf Wasser gehabt.»

«Wasser gibt's ja wohl auch in Hamburg genug. Was hältst du denn von der Alster? Ich hab da neulich was von so einem Tretboot-Verleih am Isekai gelesen, da hatte ich die ganze Zeit schon mal Lust drauf.»

«Cobra, das ist eine hervorragende Idee.»

Der Nachmittag auf dem Tretboot ist wunderbar. Wir fahren durch die Kanäle mitten auf die Alster, auf dem freien Wasser krabbeln wir beide nach hinten auf die Liegefläche, machen es uns gemütlich und lassen uns treiben. Ab und zu empört sich mal ein Segler, dass wir ihm im Weg sind, oder einer der Alsterdampfer weicht uns tutend aus. Aber Pekka und ich lassen uns nicht aus der Ruhe bringen, wir liegen da, schauen in die Wolken und reden. Er erzählt mir von seiner Kindheit in Helsinki und wie schwer es anfangs für ihn war, sich in Deutschland einzugewöhnen. Und von seiner ersten richtig großen Liebe, als er neunzehn war.

«Sie hieß Maya. Ich hab sie in meinem Deutschkurs hier in Hamburg kennen gelernt, sie war Spanierin. Himmel, ich rede schon von ihr, als ob sie tot wäre. Sie heißt natürlich immer noch so und kommt auch immer noch aus Spanien. Obwohl» – seine strahlend blauen Augen werden plötzlich

matt – «irgendwie ist es für mich, als ob sie gestorben wäre. Eigentlich war es gar keine besonders außergewöhnliche Geschichte, wir haben uns gesehen, uns sofort ineinander verliebt, hatten ein traumhaftes Jahr miteinander, und dann ist sie zurück nach Spanien. Sie glaubte nicht an Fernbeziehungen, wollte das nicht, und so war sie von einem Tag auf den anderen einfach weg. Hat mir vorher nicht ihr Abreisedatum genannt, keine Adresse, keine Telefonnummer hinterlassen, nichts – nur einen Zettel mit einem Abschiedsgruß. Es war so schlimm für mich damals, ich dachte wirklich lange Zeit, ich würde das nicht überstehen.» Er schüttelt den Kopf. «Das ist jetzt über acht Jahre her, und trotzdem kann ich mich noch genau daran erinnern, wie weh das tat. Ich bin fast verrückt geworden vor Schmerz, hab mich sogar an die Autobahn gestellt und bin von Hamburg nach Sevilla getrampt. Neun Tage habe ich gebraucht, bis ich da war, ich wollte sie suchen, dabei war alles, was ich wusste, ihr Name und dass sie irgendwo aus Andalusien kommt. Nach vier Wochen ohne jede Spur bin ich dann zurück nach Hamburg, diesmal mit dem Zug. Meine Mutter hat mir das Ticket geschickt. Ich war vollkommen am Ende, ich konnte einfach nicht mehr.» Er schweigt, wir starren beide in den Himmel.

«Im Nachhinein betrachtet ist das natürlich alles wahnsinnig pathetisch und pubertär.» Pekka schüttelt sich ein bisschen, als wolle er die dunklen Gedanken vertreiben. «Solche Dinge passieren eben. Man verliebt sich, und irgendwann geht es auch wieder auseinander. Ist ja ganz normal.»

«Ist das der Grund, warum du keine deiner Bettgeschichten ein zweites Mal triffst?», frage ich zögerlich.

«Ach, keine Ahnung. Es ist ja jetzt auch nicht so, dass ich einmal in einer stürmischen Gewitternacht auf einem Friedhof den feierlichen Schwur ausgesprochen habe, nie wieder lieben zu wollen oder so.» Er lacht. «Und ein paar dieser Frauen habe ich auch mehrmals getroffen, mit einer war ich sogar mal ganze vier Monate zusammen. Aber irgendwie konnte ich mir mit keiner mehr so viel vorstellen wie mit Maya. Da war keine dabei, die ich näher an mich heranlassen wollte. Vielleicht brauche ich auch einfach meine Freiheit, das muss ja gar nichts mit meinem damaligen Liebeskummer zu tun haben. So, jetzt habe ich genug gejammert, jetzt bist du dran.»

«Ich will nach deiner hochromantischen und tragischen Liebesgeschichte gar nicht mehr jammern. Habe ich ja auch schon häufig genug getan. Die Sache ist bei mir ja auch mehr als banal: Ich habe Tim betrogen und er hat mit mir Schluss gemacht. Eigentlich ein ganz einfaches Prinzip von Ursache und Wirkung. Und es war zu erwarten. Je länger ich darüber nachdenke, desto mehr komme ich zu dem Schluss, dass ich das alles ziemlich bewusst in Kauf genommen habe. Mir hat in der langen Beziehung mit Tim wohl ein bisschen die Abwechslung gefehlt. Vielleicht war dieser Ausbruch ja einfach nötig. Ich kann mir aber immer noch vorstellen, dass wir eines Tages wieder zusammenkommen. Aber in der nächsten Zeit wird das wohl nicht passieren. Und ich akzeptiere das langsam auch ganz gut.» Trotzdem entwischt mir ein tiefer Seufzer.

«Ach, Cobra, Kopf hoch, das wird schon! Komm her,

lass dich mal in den Arm nehmen. Diesen traurigen Bambi-Blick erträgt ja keiner.» Er zieht meinen Kopf an seine Brust. «Ich finde, du schlägst dich ganz gut bisher. Und den Rest schaffst du auch noch. Ganz bestimmt.»

Gerade fühlt es sich an, als könne er Recht haben.

Wir schweigen ein bisschen.

«Kennst du diesen Film?», unterbreche ich die Stille. «Wo es so eine Agentur gibt, die eine Methode entwickelt hat, um die Erinnerungen an einen bestimmten Menschen aus dem Gedächtnis zu löschen?»

«Eternal sunshine of the spotless mind.» Pekka nickt. «Ja. Der einzige Film, in dem Jim Carrey und Kate Winslet richtig gut sind. Sie machen Schluss und lassen sich dann gegenseitig löschen, weil sie den Liebeskummer nicht ertragen können. Ich liebe diesen Film.»

«Ich auch. Und? Würdest du, wenn du könntest?»

«Jemanden aus meiner Erinnerung entfernen lassen? Löschen und zurückspulen? Nein. Bis jetzt hat mich noch jede Erfahrung in meinem Leben weitergebracht, die schmerzhaften vielleicht sogar erst recht. Würdest du denn?»

«Nein. Außerdem zeigt der Film ja auch, dass das gar nicht so einfach geht. Die finden am Ende ja doch wieder zusammen. Gefühle kann man halt nicht einfach unterdrücken.»

«Amen. Und damit genug Geduselei, oder? Wir sollten langsam mal zurückfahren, es wird nämlich allmählich dunkel, und um zehn schließt der Tretbootverleih.» Pekka springt auf und bringt dabei fast unser Boot zum Kentern.

«Jaja, nicht so stürmisch, Herr Kapitän.» Ich raffe mich auf, krabbele wieder nach vorne auf den Sitz und trete in die Pedale.

Am nächsten Morgen wache ich mit einem unguten Gefühl auf. Es ist viel zu hell in meinem Zimmer. Wie spät ist es denn? Ich taste nach meinem Handy, das wie immer neben meinem Bett liegt. Ausgeschaltet. Ich schalte mein Handy normalerweise nie aus, verdammt, der Akku muss leer sein. Das erklärt auch, warum die Weckfunktion nicht um neun Uhr losgelegt hat, wie sie das eigentlich sollte.

Fluchend steige ich aus meinem Bett, suche nach dem Ladegerät und stöpsle es ein. 12.36 Uhr, sagt mir das Display nach kurzer Zeit. Na super. Wenn ich eines gut kann, dann lange schlafen. Dabei wollte ich doch heute ganz früh, so gegen zehn, in die Bibliothek gehen. Um endlich mal mit meiner Hausarbeit anzufangen. Die für den letzten Schein. Hm. Erst mal unter die Dusche, sonst werde ich nicht wach.

Ich will gerade Richtung Bad, da piepst das Handy. Oh, SMS. Piep piep. Und noch eine. Piep piep. Drei sogar. Ich bin gefragt. Ich tippe auf «Nachricht anzeigen». Oh, alle drei von Simon.

«HALLO, COBRA! WARUM MELDEST DU DICH NICHT? ALLES O.K. BEI DIR? WAS IST DENN MIT HEUTE ABEND?? DEIN SIMON»

Ach du liebe Güte, das hatte ich ja ganz vergessen. Die anderen beiden Nachrichten sind Mailboxmitteilungen mit ähnlichem Inhalt. Simon klingt etwas angesäuert, zu Recht, schließlich habe ich seine SMS gestern Morgen einfach ignoriert. Nicht besonders nett. Ich sollte ihn anrufen. Jetzt gleich am besten.

«Hallo, Simon, hier ist Cobra.»

«Cobra. Hallo.» Er scheint wirklich sauer zu sein.

«Tut mir total Leid, dass ich mich gestern nicht mehr bei dir gemeldet habe, aber ich hatte extrem viel um die Ohren. Ich hab's einfach nicht geschafft.»

«Na ja, du hättest zumindest kurz anrufen und absagen können. Oder nicht?»

«Ja, stimmt schon. Also, wie kann ich das wieder gutmachen?» Ich muss jetzt auch einen Schritt auf ihn zugehen, sonst hält er mich für eine fiese Kuh.

«Indem du heute Abend zu mir zum Essen kommst. Ich koche. Was magst du denn am liebsten?»

Tiefkühl-Lasagne. Aber das kann ich ja schlecht zugeben. «Äh, ich esse eigentlich fast alles. Am liebsten italienisch.»

«Gut. Dann um sieben bei mir? Bring doch einen Wein mit, wenn du magst.»

Schön Wein trinken. Jetzt trete ich schon mit meinem One-Night-Stand in die Pärchenhölle ein. Hilfe!

«Ja, mach ich. Bis nachher dann.»

Eigentlich freue ich mich doch ein bisschen auf heute Abend. Ich verbringe ja ganz gerne Zeit mit Simon, nur eben nicht rund um die Uhr. Und wenn der Sex mit ihm auch beim zweiten Mal noch so gut sein sollte wie beim ersten, dann werde ich auch dazu ganz sicher nicht nein sagen. Vielleicht toppt er ja sogar die magische Vier (!!) von vorvorletzter Nacht. Bei dem Gedanken muss ich schon wieder grinsen.

«Na, über was freust du dich so?» Pekka steckt den Kopf durch meine Zimmertür.

«Ach, nichts, ich hab mich nur gerade für heute Abend mit Simon verabredet. Er kocht.»

«Mit deinem One-Night-Stand? Schon wieder? Ich dachte, der hat sich in dich verliebt? Du dich jetzt plötzlich auch in ihn oder was?» Er grinst, aber es ist nicht sein übliches, nettes Grinsen.

«Nein, hab ich nicht. Noch nicht, jedenfalls. Aber er ist nett, warum soll ich mich nicht mit ihm treffen?» Dieses Gespräch führe ich nun schon zum zweiten Mal mit Pekka. Das nervt.

«Tu, was du für richtig hältst. Aber sei ehrlich, mit ihm und auch mit dir selbst. Sonst wird's kompliziert.» Er macht die Tür von außen zu.

Pff. Ich *bin* ehrlich. Ich mache Simon nichts vor, er wird doch sicher merken, dass ich nicht ganz so enthusiastisch an die Sache herangehe wie er. Man muss doch nicht immer gleich von Anfang an alles aussprechen. Außerdem, wer weiß, vielleicht verliebe ich mich ja *doch noch* in ihn. Das sollte man nicht gleich so voreilig ausschließen.

Und jetzt geht's endlich unter die Dusche und dann in die Bibliothek. Ich kann heute zumindest noch die bestellten Bücher abholen. Ob ich dann auch reingucke, ist eine andere Frage. Meistens läuft das bei mir eher so, dass ich einen ganzen Stapel ausleihe und den dann so lange unangetastet liegen lasse, bis die Leihfrist abgelaufen ist und ich für jedes Buch einen Euro Überziehungsgebühren zahlen muss. Meine Arbeitsmoral ist also nicht nur uneffektiv, sondern auch kostspielig. Ich sollte das endlich mal besser in den Griff kriegen. Gleich morgen.

Zum Lernen reicht die Zeit heute nicht mehr, wenn ich um sieben bei Simon sein will. Bis dahin ist noch einiges an Körperpflege zu leisten. Abendliche Essenseinladungen in private Wohnungen bedeuten nämlich dasselbe wie gemeinsame DVD-Guckabende: Sie sind nur das offizielle Rahmenprogramm für den eigentlichen Verabredungsgrund. Aber weil es ja nicht zum guten Ton gehört, sich einfach nur zum Ficken zu verabreden, muss man vorher entweder noch gemeinsam essen oder einen Film ausleihen, von dem man sowieso meist nur die erste Hälfte mitkriegt, weil man im Idealfall schon vor dem Ende auf dem Sofa zum Wesentlichen übergeht.

Und im Gegensatz zum One-Night-Stand, wo wegen der Spontaneität auch kleinere kosmetische und textile Mängel verzeihbar sind, wird beim geplanten Sex auch eine angemessene Vorbereitung erwartet. Also nix mit «Ups, ich hab ja die olle Blümchenunterhose an» und «Eigentlich hätte ich mir mal wieder die Beine rasieren müssen». Stattdessen gibt es das volle Programm samt Haarkur, Ganzkörperpeeling und guter schwarzer Unterwäsche.

«Kann ich irgendwann auch nochmal ins Bad?» Laura wummert gegen die Tür.

Ich schließe auf. «Ja, sorry, ich bin sowieso gleich fertig.»

«Wow, riechst du gut. Gehst du noch aus?»

«Cobra hat noch eine ganz spezielle Verabredung», höre ich Pekka aus dem Flur keifen.

Manchmal können einem Mitbewohner ganz schön auf die Nerven gehen. Hier bleibt auch gar nichts unkommentiert. Ich beschließe, Pekka einfach zu ignorieren, und schiebe mich an ihm vorbei in mein Zimmer. Jetzt muss ich nur noch die passenden Klamotten finden, und dann geht's auf zu Simon.

Pünktlich um zehn Minuten nach sieben stehe ich vor seinem Haus. Auf den Klingelschildern sind allerdings nur Nachnamen verzeichnet, und danach habe ich, wie mir jetzt einfällt, irgendwie gar nicht gefragt. Hm. Unangenehm. Nun muss ich ihn also auf dem Handy anrufen und fragen, wo ich klingeln soll.

«Äh, hallo, hier ist Cobra, ich stehe unten vor der Tür. Wo muss ich nochmal klingeln?»

«Warte, ich mach dir auf.»

Die Tür summt und ich drücke sie auf. Ich laufe die Treppen hoch, bis Simon lächelnd, mit einer Schürze umgebunden und einem Kochlöffel in der Hand, in einer der Türen steht.

«Komm rein», strahlt er. «Ich muss aber gleich wieder zurück an den Herd, sonst brennt das Risotto an. Magst du Risotto? Mit Steinpilzen?»

«Ich liebe Risotto», sage ich und laufe ihm hinterher in die Küche.

«Das dauert allerdings alles noch ein bisschen. War doch mehr Arbeit, als ich dachte. Magst du was trinken? Einen Tee? Oder wollen wir den Wein schon aufmachen?»

«Tee ist super. Der Wein muss sowieso noch kurz in den Kühlschrank.» Ich hole den Weißwein, den ich aus dem Alkoholvorrat in unserer Küche gemopst habe, aus meiner Tasche und suche den Kühlschrank.

«Äh, der hier in der Küche ist total voll gepackt, da wird er nicht mehr reinpassen. Aber im Flur stehen noch zwei, in einem davon müsste noch Platz sein.»

«Drei Kühlschränke? Hat hier jeder von euch einen eigenen oder was?» Komische WG. Ich schüttele den Kopf.

«Nee, Quatsch. Hier in der Küche sind die Lebensmittel drin. Von den anderen beiden ist einer für Bier – wir sind ja schließlich eine Männer-WG – und der andere für Watarus Filme und zum Überwintern für Jonas' Schildkröten.»

«Na dann», sage ich und stapfe mit der Weinflasche in der Hand Richtung Flur. Der Bier-Kühlschrank ist schon voll. Bleiben nur noch die Schildkröten. Ich öffne die Tür, aber zum Glück sind da nur Dutzende von Filmpäckchen drin. Ist ja auch Sommer, nix mit Winterschlaf. Der Wein passt somit noch hinein und ich gehe zurück zu Simon in die Küche.

«Welchen Tee magst du denn? Ich hab schon Wasser aufgesetzt.»

«Keine Ahnung, was habt ihr denn so?»

«Grünen, schwarzen, Roibusch Vanille» – war ja klar, der fehlt selbst in einer Männer-WG nicht –, «Weihnachtstee, Kräutertee und meinen Lieblingstee. Er heißt *Ewige Liebe*. Soll ich dir den machen?»

O Gott, bloß nicht. Was hat sich die Teeindustrie eigentlich dabei gedacht, als sie anfing, diese Motto-Tees zu entwickeln? *Momente der Melancholie, Momente des Glücks* und wie die alle heißen. Das mag ja ganz lustig sein, aber es gibt einfach Situationen, da kann einen die Zweideutigkeit einer Teesorte in Teufels Küche bringen. Wenn ich mir jetzt von Simon *Ewige Liebe* aufgießen lasse, dann muss er das doch als Zeichen in die komplett falsche Richtung verstehen. Hilfe suchend schaue ich zum Teeregal. Vielleicht sollte ich doch beim guten alten Hagebuttentee bleiben, das ist unverfänglicher. Gibt's denn keine Sorte mit dem Namen *Sex ohne feste Bindung*? Ha, da steht doch was! Gott sei Dank, die haben an alles gedacht.

«*Ewige Liebe*? Nee, ich hätte lieber eine Tasse *Süße Affäre.*» Gerettet. Simon schaut zwar etwas komisch, nimmt aber die rot-gelbe Packung aus dem Regal und hängt einen Beutel in eine HSV-Tasse.

Ich schlürfe meinen Tee und Simon rührt das Risotto. Wenn sein Essen so gut ist wie der Sex mit ihm, dann wird das bestimmt ein gelungener Abend.

«Aaaaah! Ist das sie? Ist das sie? Ist das sie???» Ich fahre zusammen. Hinter mir steht ein Japaner mit blondierten Haaren und einem absurden Anzug aus neongrünem Lackleder, der mir aufgeregt mit dem ausgestreckten Zeigefinger in die Seite pikt. Hilfe. Kann das bitte mal jemand abstellen?!

«Ja, das ist sie. Cobra, das ist mein Mitbewohner Wataru.»

«Oooooh, das so toll, dass ich endlich einmal dich sehen kann!!!» Wataru hat inzwischen aufgehört, mich zu piken, und klatscht stattdessen hektisch in die Hände. Er spricht mit einem niedlichen japanischen Akzent. Na ja, eigentlich quiekt er eher.

«Ich … freue mich auch … dich kennen zu lernen», sage ich zögerlich. Irgendwie ist mir dieses Etwas da nicht ganz geheuer.

«Ich muss unbedingt Foto machen, Foto machen von euch zwei, ja, ja, ja? Ich gehe gleich holen Kamera, ja? Ja?» Er wartet keine Antwort ab und rennt aus der Küche.

«Wataru ist Fotograf», sagt Simon, und es klingt wie eine Entschuldigung. «Er ist manchmal ein bisschen überdreht, aber sonst ist er super.»

Wenn dieser Mensch da lediglich ‹ein bisschen überdreht› ist, dann bin ich im Vergleich dazu wohl eine Überdosis Valium.

«Hält er das den ganzen Tag durch? Nimmt er Drogen?»

«Keine Ahnung, ob er was nimmt. Eigentlich ist er immer so.»

Wataru kommt zurück in die Küche gerannt, in der Hand eine riesige Kamera. «Foto machen, Foto machen von euch zwei, jetzt, ja? So, bisschen zusammen mehr, Kopf hier und Kopf da, jetzt Foto machen, gut, ja, gut.» Er schiebt uns beide zusammen vor den Herd und platziert uns vor dem Risotto-Topf. Dann drückt er wie wild auf den Auslöser. Ich habe keine Ahnung, was ich machen soll, und lächle etwas gequält in die Kamera.

«Simon, wie lange macht er das jetzt? Ich finde das irgendwie … unangenehm», quetsche ich zwischen den Zähnen hervor.

«Ach, keine Angst, er ist sicher gleich fertig», flüstert Simon zurück.

Und tatsächlich, Wataru scheint zufrieden mit uns zu sein, jedenfalls nimmt er die Kamera runter und rollt mit den Augen: «Ooooooh, schöne Fotos, schöne Fotos, jaaaaa!» Dann verschwindet er wieder in sein Zimmer. Ich atme auf.

«Sorry», meint Simon zerknirscht, als er meine erleichterte Miene sieht. «Aber ich hab ihm so viel von dir erzählt, da war er total gespannt, dich endlich mal live zu sehen.»

«Aha. Schon okay, war ja gar nicht so schlimm. Was hast du ihm denn erzählt?» Das würde mich ja schon interessieren.

«Ach» – er dreht sich wieder in Richtung Kochtopf um –, «eigentlich nur, dass ich am Samstagabend eine wahnsinnig tolle Frau kennen gelernt habe und dass ich mich ziemlich in sie verliebt habe.» Während er das sagt, rührt er weiter konzentriert im Risotto und sieht mich nicht an.

Auweia. Dazu muss ich mich jetzt wahrscheinlich irgendwie verhalten. Wie sage ich ihm denn bloß am besten, dass ich ihn zwar sehr gerne mag und auch weiterhin treffen möchte, aber ich mich nicht in ihn verliebt habe? Eigentlich dachte ich ja, er würde das merken und wir kämen damit um diese peinliche Aussprache herum. Aber da liege ich offensichtlich falsch. Also doch Klartext. Ich hole tief Luft.

«Simon, hör mal», fange ich an. Weiter komme ich nicht.

Wataru stürmt wieder in die Küche und fuchtelt mit ein paar Computerausdrucken herum.

«Hier, schöne Foto, ja, ja, schauen müsst ihr, ja!» Er hält sie uns unter die Nase. Auf dem Foto sind, wie erwartet, Simon und ich vor dem Kochtopf, allerdings hat Wataru das Motiv mit Photoshop bearbeitet, weshalb auf unseren beiden Köpfen jetzt riesige Fische thronen. Aus dem Topf ragt ein Plattenspieler. Wie hat er das so schnell geschafft? Und: Was soll das?

«Äh, sehr schön», ringe ich mir ab.

«Geschenkt, geschenkt für dich!» Wataru drückt mir das Bild in die Hand und verneigt sich leicht.

«Danke schön.»

«Gerne, gerne», quiekt er, verneigt sich und verschwindet wieder aus der Küche.

«Man glaubt es nicht, aber er ist mit diesen Bildern zurzeit wahnsinnig erfolgreich. In Japan ist er ein richtiger Star, und jetzt baut er sich auch in Europa etwas auf.» Simon schaut mich mit todernster Miene an, dann müssen wir beide losprusten.

«Dann hebe ich dieses Meisterwerk wohl besser gut auf, vielleicht kann ich das mal für viel Geld bei eBay verkaufen.»

«Das würde ich raten dir, ja, ja!» Er imitiert perfekt Watarus Tonfall und löst bei mir damit schon wieder einen Lachanfall aus.

«Und jetzt gibt's Essen. Nach stundenlangem Rühren ist auch dieses Risotto nun hoffentlich mal fertig. Magst du den Wein holen?»

Das lasse ich mir nicht zweimal sagen.

Simon ist wirklich ein exzellenter Koch. Selbst mein Nonno kriegt kein besseres Risotto ai funghi porcini hin.

Während des Essens überlege ich die ganze Zeit, ob ich auf sein Liebesgeständnis von eben noch einmal eingehen soll. Aber irgendwie ist die Stimmung so nett, ich bringe es nicht übers Herz, das jetzt kaputtzumachen. Vielleicht ist es auch noch zu früh für mich, um eine definitive Entscheidung zu treffen. Was, wenn ich mich doch noch in ihn verliebe? Nichts übereilen, ich brauche sicher nur noch ein wenig Zeit. Immerhin habe ich die Trennung von Tim ja noch lange nicht verwunden.

Nachdem wir gegessen haben, legt mir Simon noch zwei Glückskekse auf den Teller.

«Die habe ich neulich beim Asia-Imbiss geschenkt bekommen. Am Tag, an dem wir uns kennen gelernt haben, übrigens. Wer weiß, vielleicht sagen sie uns ja was über unsere Zukunft? Such dir einen aus.» Er schaut geheimnisvoll. Zum Glück sind die Dinger noch eingeschweißt. Ich würde ihm sonst glatt zutrauen, dass er die selbst gebacken und präpariert hat. Mit einem Heiratsantrag oder gar noch Gruseligerem.

«Ich glaube ja eigentlich nicht an so einen Quatsch, aber die Kekse esse ich ganz gerne», sage ich, greife nach dem linken und knacke ihn. «Über Vergangenes mach dir keine Sorgen, dem Kommenden wende dich zu», lese ich laut vor. «Was hast du?»

Simon hat seinen Glückskeks inzwischen auch aufgebrochen. «Ihr Ziel ist fast erreicht», liest er und strahlt.

«Na dann», brumme ich. «Allgemeinplätze, wie immer. Wollen wir in dein Zimmer gehen?» Ich finde, wir müssen langsam mal zum interessanteren Teil des Abends übergehen.

Auf Simons Neunzig-Zentimeter-Bett kommen wir uns zwangsläufig schnell näher. Es ist tatsächlich noch besser als beim ersten Mal, ich fühle mich, als würde ich auf einer rosaroten Wattewolke fliegen.

Zwei Stunden später legt sich Simon erschöpft neben mich. «Ich kann nicht mehr», japst er, sieht dabei aber sehr glücklich aus.

«Ich auch nicht.» Mein Grinsen reicht von einem Ohr
zum anderen. «Du bist der absolute Wahnsinn im Bett, hat dir das eigentlich schon einmal jemand gesagt?»

«Kann ich nur zurückgeben. Und was ich jetzt zum vollkommenen Glück brauche, ist ziemlich einfach: erst eine Zigarette und danach dich im Arm zum Einschlafen. Oder haust du heute Nacht wieder ab?» Er schaut ein wenig ängstlich.

«Nee, keine Sorge», gähne ich. Ich bin viel zu müde, um noch nach Hause zu gehen. Außerdem fühle ich mich gerade sehr wohl hier. Nachdem Simon seine Zigarette aufgeraucht hat, kuschle ich meinen Kopf auf seine Schulter und döse langsam weg.

 Es hat sich gelohnt, bis zum Frühstück zu bleiben – neben frischen Brötchen und ausgepresstem Orangensaft hat mir das zwei weitere Orgasmen beschert, einen gegen vier Uhr morgens und den anderen direkt nach dem Aufwachen. Ich hatte zwar die ganze Zeit im Hinterkopf, dass ich vielleicht langsam doch einmal mit Simon das Gespräch zur Statusbestimmung führen sollte, aber irgendwie wollte sich keine passende Situation ergeben. Nach dem Frühstück muss er schnell los zur Uni und ich gehe nach Hause.

Dort treffe ich unerwartet auf eine Bekannte: Bunny kommt mir im Hausflur entgegen. Sie sieht ein wenig ramponiert aus, die Klamotten, die sie trägt, sind augenscheinlich noch ihr Ausgeh-Outfit von gestern Abend, und ihre Wimperntusche ist verschmiert. Das weist alles auf eine spontane Nacht in einer fremden Wohnung hin – und das in unserem Haus. Ob sie den niedlichen Mittdreißiger aus dem dritten Stock aufgerissen hat? Den sieht man ja öfter mal in wechselnder weiblicher Begleitung.

«Cobra, was machst du denn hier?», fragt Bunny verblüfft und begrüßt mich mit den obligatorischen Küsschen rechts, Küsschen links.

«Hallo, Bunny. Ich wohne hier. Aber wo warst du denn gerade?»

«Ach, das ist eine irre Geschichte. Kennst du den Typen, der in der *Python Bar* arbeitet? Nicht der Argentinier, der andere. Jedenfalls ist der Typ ja offensichtlich schwul, weiß ja jeder. Aber trotzdem – trotzdem bin ich mit dem

gestern Nacht abgestürzt. Volles Programm. Unglaublich.» Sie schüttelt den Kopf. «Ich hatte ja schon mal was mit einer Lesbe, aber mit einem Schwulen war ich bisher noch nie im Bett. Und weißt du was», sie flüstert, «es war richtig gut. Unglaublich. Aber, psst, ich hab ihm versprochen, nichts weiterzuerzählen. Er hat einen sehr eifersüchtigen Freund.
Unglaublich.» Sie schüttelt immer noch fassungslos den Kopf. «Und jetzt muss ich los, ich hab gleich Rechnungswesen-Vorlesung. Und sollte mich wohl vorher noch umziehen. Wir telefonieren, ja? Du musst mir noch erzählen, was aus der Chihuahua-Geschichte geworden ist. Ciao!» Sie rauscht davon.

Ich bleibe noch eine Weile perplex im Flur stehen. Jetzt ist also sogar Bunny auf Pekkas Schwulen-Fake reingefallen. Kurz überlege ich, ob ich sie auf dem Handy anrufen und ihr die Wahrheit erzählen soll. Schließlich sind wir ja irgendwie befreundet. Aber was würde das bringen? Sie würde sich wahrscheinlich nur blöd vorkommen, weil Pekka sie verarscht hat. Aber mit meinem Herrn Mitbewohner werde ich gleich mal ein ernstes Wort reden.

Ich schließe die Wohnungstür auf und renne direkt in Pekkas Zimmer. Er steht dort in Boxershorts und bezieht gerade das Bett neu.

«Ach, Cobra, auch schon zu Hause?», begrüßt er mich mit säuerlichem Unterton, bevor ich auch nur den Mund aufmachen kann. «Na, da hat wohl jemand nicht begriffen, dass eines der wesentlichen Charakteristika eines One-Night-Stands die Ziffer Eins ist, hm? Oder stürzt du dich zur Liebeskummerkompensation einfach gleich wieder in die nächste Beziehung? Findest du das eigentlich fair dem Typen gegenüber?»

Ich bin sprachlos. Aber nur kurz. Was ist denn mit dem

nun kaputt? Das muss ich mir nicht gefallen lassen. Ich bin sowieso schon geladen wegen der Geschichte mit Bunny, da kommt mir seine Pöbelei gerade recht. Ich lege los:

«Was fällt dir eigentlich ein, dich in meine Angelegenheiten zu mischen? Ausgerechnet du? Ausgerechnet du kommst mir mit Fairness? Du hast dir doch eine total raffinierte Verarschungsstrategie ausgedacht, um Frauen ins Bett zu kriegen. Findest du das etwa fair? Sie von vorne bis hinten anzulügen? Das ist ja wohl das Allerletzte.»

«Wenigstens mache ich ihnen keine falschen Hoffnungen, so wie du das offensichtlich mit diesem Simon tust. Du kannst mir doch nicht im Ernst erzählen, dass du dich in den Knaben verknallt hast. Du benutzt den doch nur, um dein Ego aufzupolieren. Weiß er eigentlich von deinem dramatischen Trennungsschmerz? Hm?» Pekka funkelt mich an.

«Was weißt du denn? Bloß, weil du unfähig bist, dich nach deinem großen Liebeskummer wieder neu in jemanden zu verlieben, muss das noch lange nicht für mich gelten.»

«Ach, hör doch auf. Ich komme eben einfach auch ganz gut alleine klar, während du dich ohne Typen an deiner Seite ja vollkommen hilflos zu fühlen scheinst. Armselig finde ich das, wenn du's genau wissen willst.»

Das war zu viel. Das muss ich mir nicht sagen lassen. Dieser blöde Arsch. Ich *muss* ihn mit irgendetwas bewerfen. In meiner Reichweite ist eine leere Kaffeetasse, die auf seiner Kommode neben der Tür steht. Einen kurzen Augenblick zögere ich, dann greife ich danach und schleudere sie mit aller Kraft in seine Richtung. Ohne abzuwarten, ob ich mein Ziel getroffen habe, drehe ich mich um und knalle die Tür zu.

Was fällt dem eigentlich ein? So aggressiv habe ich Pekka

noch nie erlebt. Mich selbst allerdings auch selten. Erst mal abregen. Ich schubse die nächstliegende CD in die Anlage – oh, *Peaches*, sehr passend. Ich drehe Track 10, *Sucker*, auf volle Lautstärke, setze mich auf mein Bett, balle die Fäuste und warte darauf, dass meine Wut langsam verraucht. Nachdem ich den Track viermal auf Repeat gehört habe, geht es mir ein bisschen besser. So gut, um schon wieder mit Pekka zu reden, allerdings auch nicht. Ich bin immer noch ziemlich sauer, dass er mich aus dem Nichts heraus so angepöbelt hat. Außerdem fand ich seine letzte Bemerkung ziemlich verletzend – *armselig* hat er gesagt. Hm.

Aber jetzt muss ich sowieso los, keine Zeit für Aussprachen – mein Maiskolben-Job ruft. Hoffentlich treffe ich Pekka nun nicht noch vorher im Flur. Aber da sind nur Laura und der Ulf, ein Glück.

«Hey, ihr beiden. Alles klar bei euch?»

«Bei uns schon, aber was läuft denn bei dir und Pekka schief?» Laura sieht den WG-Frieden in Gefahr.

«Hm, hast du das mitgekriegt?»

«War ja nicht zu überhören. Außerdem habe ich Pekka gerade verarztet, er hat eine Platzwunde an der Stirn, von deinem Kaffeetassen-Wurf.»

Ach du liebe Güte. Das habe ich nicht gewollt. «Scheiße, ist es schlimm? Wie geht's ihm denn?», frage ich besorgt.

«Sah erst übler aus, als es ist. Nach ein paar Minuten hat es aufgehört zu bluten und ich hab ihm ein Pflaster draufgeklebt. Aber ich möchte euch doch beide bitten, derartige Kampfhandlungen in Zukunft in der Wohnung zu unterlassen. Ob die Blutflecken auf dem Badezimmerteppich wieder rausgehen, weiß ich nämlich nicht.»

«Verdammt, entschuldige, Laura. Ich weiß auch nicht, was da über uns gekommen ist.»

«Bei mir musst du dich nicht entschuldigen. Bei Pekka wohl schon eher.»

«Ja, ich weiß schon. Aber er gefälligst auch bei mir», füge ich bockig hinzu. «Und jetzt muss ich los, ich hab gleich wieder so einen Promo-Job im Wal-Mart. Bis später!»

Ich flüchte aus dem Flur und ziehe die Wohnungstür hinter mir zu. Mein Ausbruch ist mir vor Laura ziemlich peinlich. Aber ich habe ja nicht angefangen! Und außerdem hat Pekka mir Dinge an den Kopf geschleudert, die weitaus verletzender waren als so eine olle Kaffeetasse! Trotzig stampfe ich Richtung Agentur. Maiskolben, ich komme!

Der Job ist gar nicht so schlimm. Zwar fange ich bereits nach fünf Minuten in meinem Schaumstoff-Maiskolben tierisch an zu schwitzen, aber wenigstens muss ich nicht irgendwelche Leute blöd anquatschen. Das übernimmt meine Kollegin Natascha, die in Minirock und Push-up als *junges Gemüse* hinter dem Stand steht. Ich habe einen kleinen Ghettoblaster in der Hand, aus dem der Radetzky-Marsch schallt, und marschiere albern zwischen den Konserven-Regalen hin und her. Dabei kann man sich ziemlich gut abreagieren.

Nach einer halben Stunde hat mich allerdings ein kleiner Junge im Alter von etwa acht für sich entdeckt. Er macht sich einen Spaß daraus, mir hinterherzulaufen und meinen Marschschritt zu imitieren. So zu zweit sind wir fast schon eine kleine Parade. Mir geht das wahnsinnig auf die Nerven, der kleine Quälgeist lässt sich aber auch durch böse Blicke partout nicht verscheuchen. Also drehe ich den Ghettoblaster lauter und versuche ihn, so gut es geht, zu ignorieren.

Irgendwann fängt das Monster auch noch an, an meinem Kostüm herumzuzupfen. Jetzt reicht's. Ich drehe mich abrupt um und brülle los: «Verpiss dich, du Ratte. Aber endgültig! Sonst gehst du nämlich ganz schnell mit Betonschuhen schwimmen, capìsci?»

Es scheint geklappt zu haben, jedenfalls blicke ich in ein extrem verschrecktes Gesicht. Allerdings gehört das nicht dem kleinen Nervbalg, sondern: Pekka.

«Ich wollte mich eigentlich bei dir entschuldigen. Und hatte irgendwie gehofft, du würdest das auch bei mir tun. Aber ich wusste ja nicht, dass du so nachtragend bist.» Er sieht mich verbittert an, dreht sich auf dem Absatz um und rauscht davon.

Einen Augenblick stehe ich da wie vom Donner gerührt. Scheiße. Ich will mich doch auch wieder mit ihm vertragen! Ich muss hinterher. Ich stelle den Ghettoblaster neben einem Regal mit Müslipackungen ab und renne los – so schnell ein Maiskolben eben rennen kann.

Ich erwische ihn erst draußen auf dem Parkplatz, wo er gerade sein Fahrrad aufschließt.

«Pekka! Entschuldige bitte, ich hab gar nicht dich gemeint!», sprudele ich los. «Da war dieser kleine Junge, der … ach, ist ja auch egal. Jedenfalls tut mir das alles sehr Leid, das eben und vor allem auch die Kaffeetasse. Ich war nur so wütend. Tut's noch sehr weh?» Mit einem schlechten Gewissen schaue ich auf das Pflaster auf seiner Stirn.

«Geht schon. Ich wollte mich ja auch bei dir entschuldigen. Ich hab wohl etwas heftig reagiert, ich weiß auch nicht, wieso. Geht mich ja auch eigentlich alles gar nichts an, mit deinem Typen. Gut finde ich das zwar immer noch nicht, aber ich sollte mich da wohl in Zukunft besser raushalten. Du wirst schon wissen, was du tust.»

«Hm, schon okay. Ich hab mich ja auch in deine Sachen gemischt. Aber weißt du, Bunny, dein Sex von letzter Nacht, das ist eine Freundin von mir. Ich finde deine Schwulen-Nummer nämlich irgendwie auch nicht ganz in Ordnung. Aber das ist ja auch deine Sache», lenke ich ein.

«Frieden?», fragt Pekka und breitet die Arme aus.

«Frieden», antworte ich erleichtert.

«Ich habe noch nie einen Maiskolben umarmt», lacht er, als wir uns drücken. «Es hat schon ein bisschen was Obszönes, dein Kostüm. Und das in der Öffentlichkeit, tsstsstss. Nachher halten mich wieder alle für schwul, weil ich mich an riesigen Phallussymbolen reibe.» Er grinst.

«Ach, selbst das kannst du doch sicher wieder ausnutzen, um Mädels aufzureißen. ‹Guck mal, Baby, wie groß mein Freund hier ist› und so.» Ich grinse zurück.

«Wie lange musst du denn noch arbeiten? Ich würde dich gerne auf irgendetwas einladen, zur Feier unserer Versöhnung.»

«Vor fünf Minuten konnte ich offiziell aufhören. Lass mich nur schnell das Kostüm reinbringen und mich von Natascha verabschieden, ja?»

«Natascha, Natascha …» Pekka legt die Stirn in Falten. «Ist das zufällig so eine üppige Rothaarige? Ich glaube, die kenn ich von irgendwo …» Wieder grinst er mich schelmisch an.

«Himmel, gibt es eigentlich irgendeine Frau in Hamburg, mit der du noch nicht im Bett warst?» Ich verdrehe die Augen. «Aber ich muss dich enttäuschen, Natascha ist blond. Soll ich dir ihre Telefonnummer mitbringen?»

«Nee, schon gut. Ich habe doch jetzt schon eine bezaubernde Begleitung. Geh dich mal umziehen. Bis gleich.»

Ich stapfe zurück in den Supermarkt. Diesmal war ich schlauer und habe meine Klamotten mit hergenommen. In der Mitarbeitergarderobe ziehe ich mich um, dann gehe ich wieder raus zu Pekka.

«So gefällst du mir irgendwie noch besser, Süße.» Bei dem Wort *Süße* zucke ich leicht zusammen. So durfte mich bisher nur Tim nennen. Aber ich will mich nicht schon wieder mit Pekka anlegen.

«Auf was hast du denn Lust?», fragt er mich auffordernd.

«Eis. Ich hätte jetzt total gerne ein Eis, es war so beschissen heiß in diesem Kostüm.»

«Also gut, ein Eis für den Mais, dem ist beschissen heiß.» Er zeigt mit einer auffordernden Geste auf sein Fahrrad. «Du setzt dich auf die Stange. Los geht's.»

«Eine zweideutige Bemerkung spare ich mir mal, okay?» Lächelnd steige ich auf und lasse mich von Pekka quer durch die Schanze bis zum Eisladen kutschieren.

Ich bestelle Spaghetti-Eis, mein Leibgericht gleich nach Tiefkühl-Lasagne. Zum einen gefällt es mir, dass man aus einfachem Vanilleeis mit Erdbeersoße so etwas Absurdes machen kann. Zum anderen liebe ich es, wenn die Sahne, die bei einem guten Spaghetti-Eis natürlich *unter* dem Eis ist, anfriert und man draufbeißen kann. Außerdem ist das irgendwie auch ein bisschen achtziger Jahre und erinnert mich an den «Eis-Toni», der im Sommer zweimal die Woche mit seinem VW-Bus durch unsere Straße gefahren ist. Das Eis habe ich dann im Garten unter der braunorange gestreiften Markise gegessen. Meistens kleckerte dann ein bisschen Erdbeersoße auf die quietschgelben Frotté-Klamotten, die ich damals irgendwie immer angehabt habe. Jedenfalls sieht man mich darin auf fast jedem Foto.

Pekka bestellt sich drei Kugeln Schokolade mit Sahne. Ein Männereis. Schweigend sitzen wir auf der Bordsteinkante vor dem Laden und lecken.

Schließlich unterbreche ich die gefräßige Stille und greife das Thema unseres Streits nochmal auf.

«Simon hat gestern tatsächlich gesagt, dass er sich in mich verliebt hätte. Und ich hab irgendwie den Moment verpasst, um ihm zu sagen, wie ich darüber denke», beichte ich kleinlaut.

«Wie denkst du denn darüber?» Pekka kratzt sehr konzentriert mit dem Löffel in seinem Eisbecher herum.

«Ich habe keine Ahnung, ehrlich gesagt. Ich mag ihn, sehr sogar. Der Sex mit ihm ist toll, er ist klug und witzig, ich fühle mich wohl in seiner Nähe – eigentlich perfekte Voraussetzungen, um sich in jemanden zu verlieben, oder nicht? Vielleicht kommt das Gefühl ja noch irgendwann», sage ich ein wenig hilflos.

«Und so lange willst du ihn hinhalten?»

«Nein, ich will ihn überhaupt nicht hinhalten. Aber man muss sich doch auch nicht nach dem zweiten Mal Sex schon festlegen, ob man mit jemandem eine feste Beziehung will oder nicht! Man braucht doch auch ein bisschen Zeit zum Kennenlernen!»

«Mir brauchst du das nicht erzählen, ich bin da voll und ganz deiner Meinung. Aber wenn sich einer von beiden verliebt, dann muss man vielleicht ein bisschen schneller die Karten auf den Tisch legen. Sonst wird das alles sehr schmerzhaft.» Pekka schaut mir direkt ins Gesicht. «Cobra, sag ihm einfach, wie du fühlst. Wenn du ihn magst, bist du ihm das schuldig. Vielleicht versteht er's ja sogar.»

«Ja. Ja, ich weiß ja, dass du Recht hast. Aber mir fällt das eben sehr schwer. Vielleicht bin ich ja nur blockiert, wegen Tim. Vielleicht habe ich mich ja schon in Simon verliebt und will es mir nicht eingestehen, weil ich Angst habe, wieder verletzt werden zu können?», mutmaße ich drauflos.

«Ach du liebe Güte.» Pekka verdreht die Augen. «Jetzt zitierst du aber die Standardausrede aller Männer. Die bringen wir immer, wenn ein Mädchen zwar lieb und nett und gut im Bett ist, aber nicht toll genug, dass man mit ihr zusammen sein möchte. ‹Ich kann mich momentan noch nicht fest binden›, ‹Es liegt nicht an dir, ich bin einfach beziehungsunfähig› und diese ganze Scheiße. Dabei ist das natürlich totaler Quatsch. Wenn man die Richtige findet, dann will man auch mit ihr zusammen sein – egal, ob man erst frisch getrennt ist oder es gerade nicht ins Lebenskonzept passt.»

«Hm, ja, stimmt schon.» Pekka bringt mich zum Nachdenken. Ich finde es gut, dass ich jetzt, im Gegensatz zu heute Morgen, so ruhig mit ihm darüber reden kann.

«Du, um jetzt auch nochmal auf meinen Teil des Streits einzugehen: Bunny, das Mädchen von letzter Nacht, ist das eine gute Freundin von dir?»

«Nee, eigentlich nicht. Ich kenne sie noch nicht sehr lange. Ich hab ihr mal Tofu-Ragout über die Gucci-Bluse gekippt. Und sie hat mit demselben Typen geschlafen wie ich.»

«Mit wem denn?»

«Benno.»

«Was für ein *ungeheurer* Zufall.» Pekka grinst. «Ist das ein Problem für dich?»

«Was, dass sie auch mit Benno im Bett war?»

«Nein. Du weißt genau, was ich meine.»

«Ich finde es irgendwie seltsam. Aber ich weiß nicht mal, warum. Erst dachte ich ja, es sei, weil du ihr was vorgemacht hast. Aber Bunny ist in Sachen Sex abgeklärt genug, der brichst du nicht das Herz. Ich glaube, sie wusste nicht mal mehr deinen Namen, als ich sie heute Morgen im

Hausflur getroffen habe. Aber sie hat deine Beischläferqualitäten gelobt.»

«Bitte?», empört er sich. «Ich habe doch auch Gefühle! Wollte sie etwa nur meinen Körper? Was ist denn mit meinen inneren Werten?» Pekka setzt ein leidendes Gesicht auf.

«Spinner. Und jetzt lass uns nach Hause gehen.» Ächzend erhebe ich mich vom Bordstein. «Ich muss mich dringend an meinen Uni-Kram setzen.»

Fünf Tage lang habe ich mich in mein Zimmer zurückgezogen und versucht, diese blöde Hausarbeit hinzukriegen – mit leider nur mäßigem Erfolg. Die ersten drei Tage bin ich beim Lesen der Texte immer wieder eingeschlafen, auch mit viel Kaffee kam ich kaum dagegen an. Als ich es dann irgendwann doch geschafft habe, ein paar davon zu lesen, habe ich schnell gemerkt, dass ich meine Fragestellung ändern muss. Hmpf. So wird das nichts. Da muss ich erst mal neu drüber nachdenken. Und das mit meinem Prof besprechen. Der erst in sechs Wochen seinen nächsten freien Sprechstundentermin hat. Und da wundern sich die Leute immer, wie man es schafft, zwölf Semester zu studieren. Das geht schneller, als man denkt.

Seufzend gebe ich also auf. Schalte mein Handy wieder ein und hole das Internet-Kabel vom Dachboden. Ich hatte nämlich klugerweise alle potenziellen Ablenker aus meiner Umgebung verbannt. Außenwelt, du hast mich wieder. Piepiep, piepiep, macht mein Handy. Oh, sieben SMS und zehn Anrufe. Von den SMS sind, wie zu erwarten war, vier von Simon. Ich hatte ihm zwar vorher gesagt, dass ich mich für ein paar Tage in Klausur zurückziehen würde, aber anscheinend hat er das nicht besonders ernst genommen.

«COBRA, WARUM MELDEST DU DICH NICHT?»

«ALLES O.K. BEI DIR?»

«DU FEHLST MIR!»

«ICH MACHE MIR LANGSAM SORGEN!! MELD DICH MAL, BITTE!»

Jaja, ist ja schon gut. Wenn er doch nur nicht so klammern würde. Ich muss wirklich unbedingt mit ihm reden. Gleich morgen.

SMS Nummer fünf ist von einer Kommilitonin, die irgendwelche Unterlagen von mir kopieren will, Nachricht

Nummer sechs ist eine Überraschung.

«PICCOLINAICHHABEMIRJETZTAUCHEINETELEFONINOGEKAUFTJETZTKANNICHDIRIMMERMESSAGGISCHREIBENCIAO»

Mit welcher Taste man Leerzeichen macht, hat mein Nonno offensichtlich noch nicht herausgefunden. Aber trotzdem Respekt, dass er sich endlich ein Handy angeschafft hat und sogar SMS versenden kann. Meine Oma liegt ihm schon lange damit in den Ohren, sie hat seit ein paar Jahren eins und findet es äußerst praktisch. Besonders, «falls mal was ist, wir sind ja auch nicht mehr die Jüngsten». Nachricht Nummer sieben ist auch von meinem Nonno, dasselbe nochmal. Hm, das muss er wohl noch ein bisschen üben.

Nun mal hören, was die Mailbox sagt. Zweimal Simon («Was machst du denn die ganze Zeit nur?» «Du musst doch auch mal eine Lernpause machen, wollen wir uns treffen?»), zweimal meine Mutter («Cornelia, wieso ist dein Handy die ganze Zeit aus? Melde dich mal.» – «Ruf bitte zurück, wir müssen das mit nächster Woche noch klären.»). Was ist denn nächste Woche? Ich habe keine Ahnung.

Die nächste Mitteilung ist von Tim. Tim ruft *mich* an?

«Hallo, Cobra, ich bin's, Tim. Ruf mich doch bitte mal zurück. Ich würde mich gerne mit dir treffen. Wir müssen reden. Bis dann.»

Was bedeutet das denn nun? ‹Wir müssen reden.› Ob er wieder mit mir zusammen sein will?? Nee, danach klang das irgendwie nicht. Außerdem würde das sowieso nicht so einfach gehen.

Die nächsten vier Anrufe sind ohne Mailboxnachricht. Zweimal von unbekannten Nummern, zweimal von einer italienischen Nummer. Hm, wer war das denn? 0039-055… Irgendjemand aus Florenz, jedenfalls. Wahrscheinlich die Sprachschule, die haben letztes Jahr nach dem Kurs auch ständig angerufen, um zu hören, wie ich es fand, und um mir Angebote ‹super speciale› für weitere Kurse zu machen.

Die letzte Nachricht schließlich stammt von Bunny.

«Cobra, hier ist Bunny. Ich bin total verwirrt seit Mittwoch. Ich würde gerne mal mit dir reden. Rufst du mich an, wenn du das hörst? Küsschen!»

Bunny ist verwirrt? Sie klingt auch so. Was ist da denn bloß wieder passiert? Mittwoch, Mittwoch … Ich überlege. Das war doch der Morgen, als ich sie hier im Hausflur getroffen habe! Nach der Nacht mit Pekka! Ach du liebe Güte. Nachher hat sie sich doch in ihn verliebt! Und dann muss ich ihr gestehen, dass ich mit ihm zusammenwohne, und am Ende noch seinen Schwulen-Fake unterstützen, damit sie sich keine falschen Hoffnungen macht! Na toll. Mein lieber Mitbewohner bringt mich mal wieder in mehr als unangenehme Situationen.

Meine E-Mails muss ich auch noch abrufen, hoffentlich sind da nicht noch mehr Hiobsbotschaften dabei. Da klinkt man sich einmal für fünf Tage aus der Außenwelt aus, und schon geht alles drunter und drüber.

«Sie haben 12 neue Nachrichten», schreibt mein Posteingang. Eine Mahnung von der Unibibliothek wegen überzogener Bücher, ein paar Newsletter und einige Spam-Mails, die mir Viagra, Penisvergrößerungen und Sofort-Kredite andrehen wollen. Und eine Rundmail von Hannah:

«Hallo, Leute, wollte nur kurz Bescheid geben, dass ich noch lebe – und zwar richtig gut. Ich bin in Byron Bay irgendwie hängen geblieben, es ist richtig geil hier. Vor allem die Surfer!!! Bin am Überlegen, ob ich meinen Flug umbuche und noch vier Wochen länger bleibe – oder gar nicht mehr zurückkomme ;–). Hab gerade echt keinen Bock auf Deutschland. Cheers, mates!»

Aha. Zuzutrauen wäre ihr, dass sie ganz dableibt. Ich klicke auf Antwort – die Mail an Hannah wird der erste Schritt, meinen Berg an Korrespondenz abzuarbeiten. Vielleicht sollte ich einen Sekretär einstellen. Den könnte ich dann zum Diktat bitten.

«Liebe Hannah, du spinnst ja wohl. Komm gefälligst mal wieder zurück nach Hamburg, hier ist gerade eine Menge passiert. Hab mich damit abgefunden, nicht mehr mit Tim zusammen zu sein, und bin jetzt zu One-Night-Stands übergegangen. Ja, ich! Aber wenn du nicht demnächst wieder dein Popöchen hierher bewegst, dann wird den Posten meiner besten Freundin bald mein Mitbewohner Pekka übernehmen. *Python-Bar*-Pekka! Sei dir der Gefahr bewusst! Nee, im Ernst, du fehlst hier ziemlich, Liebes. Bei mir geht gerade alles drunter und drüber und ich bräuchte dich dringend zum Reden und Kopfklarkriegen. Gib mal Bescheid, wann du wiederkommst. Ich zähl die Tage. Cobra»

Hm, wer steht als Nächstes auf der Liste? Bei meiner Mutter soll ich mich dringend melden, aber dazu fehlen mir jetzt die Nerven. Auch den Anruf für Tim hebe ich mir für einen ruhigeren Moment auf. Simon. Mit Simon muss ich schnellstens reden. Je länger ich es hinauszögere, desto unangenehmer wird es. Ich hole tief Luft und wähle seine Nummer. Mailbox. Dann ist er vielleicht gerade in der Uni. Also gut, dann hinterlasse ich ihm auch mal eine Nachricht.

«Hallo, Simon, hier ist Cobra. Ich würde mich gerne mit dir treffen. Wir müssen reden. Bis dann.»

Als ich aufgelegt habe, merke ich, dass ich fast das Gleiche auf seiner Mailbox hinterlassen habe wie Tim auf meiner. ‹Wir müssen reden› verheißt ja nie was Gutes und ist fast so schlimm wie ‹Lass uns Freunde bleiben›.

Bunny ist als Nächstes an der Reihe.

«Hallo?»

«Cobra hier. Ich hab gerade deine Mailbox-Nachricht gehört, was ist denn los? Du klangst gar nicht gut.»

«Ach, großes Chaos. Aber ich mag das nicht hier am Telefon erzählen. Hast du Zeit für einen Kaffee heute Nachmittag?»

«Ja, klar. Wieder im *Unter den Linden*?»

«Nee, lass uns mal woanders hingehen, da sind zu viele bekannte Gesichter. Ich will nicht, dass das jemand mitanhört, der mich irgendwoher kennt. Dafür ist das zu privat.»

«Du machst es aber ganz schön spannend. Ist es denn eine gute oder eine schlechte Nachricht?»

«Da bin ich selbst noch nicht so sicher. Es bringt mich jedenfalls total durcheinander. Aber das erzähl ich dir nachher in Ruhe.»

«Okay. Wollen wir ins *Panther* in der Marktstraße? Um drei?»

«Ja, gerne. Bis nachher.»

Nachdem wir aufgelegt haben, beginne ich zu grübeln. Das hat doch sicher irgendwas mit ihrer Nacht mit Pekka zu tun. Wahrscheinlich hat sie sich doch in ihn verliebt. Was sollte es denn sonst sein?

Das Klingeln meines Handys reißt mich aus meinen Grübeleien. Tim steht auf dem Display. Geh ich ran oder nicht? Ich gehe ran. Dann habe ich es wenigstens hinter mir.

«Tim, hallo.»

«Cobra, endlich erreicht man dich mal. Ist alles in Ordnung bei dir? Dein Handy war nie an.»

«Ja, alles okay so weit. Ich habe mich nur ein paar Tage zurückgezogen, weil ich eigentlich meine Italienisch-Hausarbeit schreiben wollte.»

«Die eine, die dir seit drei Semestern schon fehlt? Hast du die immer noch nicht geschrieben?»

«Nein, habe ich nicht.» Ich reagiere gereizt. «Weißt du, ich war die letzten Wochen irgendwie ziemlich beschäftigt damit, mein Gefühlschaos wieder einigermaßen in den Griff zu bekommen. Mein Freund hat nämlich mit mir Schluss gemacht, hatte ich das noch gar nicht erzählt?»

«Komm, Cobra, jetzt werd bitte nicht zynisch. Und lass uns nicht schon wieder darüber streiten, wer eigentlich Schuld hat an dem allen. Ich wollte mich mit dir treffen, um über etwas ganz anderes zu reden. Ich habe eine Entscheidung gefällt und möchte, dass du die Erste bist, die es erfährt. Wann hast du Zeit? Ich kann allerdings nur heute oder morgen.»

«Aha. Dann meinetwegen gleich heute, später Nachmittag? Ich kann dir aber noch nicht genau sagen, um wie viel Uhr, ich treffe vorher noch jemand anderen. Kann ich dich einfach anrufen, wenn ich wieder zu Hause bin?»

«Ja, lass uns das so machen. Wenn du magst, komm ich dann bei dir vorbei.»

«Gut.» Tim in meiner neuen WG, das wird sicher seltsam. Aber das wird es wohl auch, wenn wir uns woanders treffen. «Bis später.»

Was ist denn bloß mit diesem Tag los? Alle Menschen tun plötzlich so bedeutungsschwanger. Und das auf nüchternen Magen.

Ich gehe in die Küche, um zu frühstücken. Da sitzt Ulf-Schluff und schlürft sein Müsli.

«Tach. Kommste mal wieder aus deinem Zimmer raus?»

«Guten Morgen. Ja, meine selbst auferlegte Klausur ist hiermit beendet.» Ich schütte mir Cornflakes in eine Schüssel und gehe zum Kühlschrank.

«Ach ja, Milch ist übrigens alle», muffelt der Ulf über seinem Löffel.

«Na bravo.» Seufzend kippe ich die Cornflakes zurück in die Packung. «Gibt's noch Toast?»

«Nee, den hat Claas eben leer gemacht.»

Ich stoße leise Flüche aus. Mein Magen gibt einen klagenden Laut von sich.

«Da auf dem Herd steht noch ein Topf mit 'nem Rest Schinkennudeln von gestern», will der Ulf helfen.

Also gut. Dann gibt es heute zum Frühstück eben kalte Schinkennudeln. Wenn das so weitergeht, verschwinde ich gleich wieder unter der Bettdecke.

«Oh, hallo, Cobra, wieder aufgetaucht?» Laura kommt herein.

«Ja, aber ich bin mir nicht sicher, ob das eine gute Idee war», nuschele ich über meinen Nudeln.

«Was frühstückst du denn da eigentlich? Das ist ja widerlich. Na ja, soll mir auch egal sein. Jedenfalls gut, dass du da bist, wir haben nämlich was zu klären.» Laura jetzt auch noch? «Ulf, holst du mal die anderen beiden?»

Der Ulf grunzt und schlurft los.

Ein paar Minuten später stehen Claas und Pekka in der Küche, der eine mit einem *Bürgerlichen Gesetzbuch* in der Hand, der andere total verschlafen.

«Was ist denn los?», gähnt Pekka, ohne sich dabei die Hand vor den Mund zu halten.

«Ja, Mann, was geht'n?», wundert sich auch Claas.

Laura legt los: «Also, es gibt zwei Dinge, die ich mit euch schon seit Tagen klären will, aber man kriegt euch ja nie alle gleichzeitig zusammen. Punkt eins: der Putzplan. Das funktioniert ja gerade absolut überhaupt gar nicht. Bin ich eigentlich die Einzige, der das auffällt?» Sie schaut strafend in die Runde. Ich gucke mich in der Küche um. Stimmt, jetzt, wo sie es sagt, sehe ich auch, dass hier wohl länger nicht mehr gewischt wurde. Auch die Mienen von Claas und Pekka werden plötzlich schuldbewusst.

«Ja, stimmt», pflichte ich Laura zerknirscht bei. «Ich war wohl mit der Küche dran, aber ich muss es irgendwie vergessen haben. Tut mir Leid. Ich hol das heute noch nach, okay?»

«Okay. Pekka, du bist mit dem Bad dran, das hast du auch nicht gemacht. Und Claas sollte letzte Woche das Altglas wegbringen. Ich war schon beim Papiercontainer. Ich hab mir überlegt, dass wir in Zukunft so was wie Überziehungsgebühren beim Putzplan einführen könnten. Zehn Euro pro angefangene Woche in die Haushaltskasse, damit's auch ein bisschen wehtut. Seid ihr damit einverstanden?»

Allgemeines, verhaltenes Nicken. Toll finden wir das wohl alle nicht, aber die Notwendigkeit dieser Maßnahme liegt auf der Hand. Beziehungsweise auf dem Fußboden, in Form von jeder Menge Dreck und Krümeln.

«Gut. Punkt zwei ist auch ein bisschen unangenehm. Wir haben eine saftige Gasrechnung bekommen. 800 Euro.» Sie macht eine Pause, Claas pfeift überrascht durch die Zähne.

«Ja, schöner Mist. Letztes Jahr wurden wir wohl komplett falsch eingestuft. Und die Preise wurden erhöht. Das bedeutet 200 Euro Nachzahlung pro Person, außerdem wird damit der zukünftige Monatsabschlag viel höher. Hab ich noch nicht ausgerechnet. Die Nachzahlung müssen wir innerhalb der nächsten sechs Tage überweisen.»

Ach du Scheiße. 200 Euro jetzt und danach noch mehr Miete. Wie soll ich das denn bitte schaffen? Verdammt, verdammt, verdammt. Das bedeutet wohl noch mehr Auftritte in albernen Kostümen. Das muss ich jetzt erst mal verdauen. Und die Schinkennudeln, die liegen mir auch gerade ziemlich schwer im Magen.

«War's das?», seufze ich.

Laura nickt.

«Ein Glück.» Ich gehe in mein Zimmer und mache die Tür hinter mir zu, in der Hoffnung, dass das weitere Probleme am Reinkommen hindert.

182 «Cobra, ich mache es kurz. Eine meiner letzten spontanen Nächte blieb nicht ohne Folgen. Dabei dachte ich immer, mir würde so was nie passieren. Mir! Ausgerechnet mir!» Bunny sitzt mir im *Panther* gegenüber, verdreht verzweifelt die Augen und nimmt einen Schluck von ihrer Litschi-Bionade.

Ich hab's doch gewusst. Bunny, die abgebrühte Bunny hat sich in einen ihrer One-Night-Stands verknallt. Ausgerechnet in Pekka! Wie reagiere ich denn da jetzt am besten drauf? Vielleicht sollte ich sie erst einmal trösten. Dann werde ich ihr schonend beibringen, dass das zwischen ihr und Pekka wohl nichts werden wird.

«Hm, jetzt sei doch nicht so verzweifelt, Liebes. Das kann doch auch etwas sehr Schönes sein ...»

«Ja, klar, aber es war nicht geplant!» Bunny heult fast.

«Aber so etwas kann man doch nie planen. Das passiert doch einfach. Kein Mensch kann aussuchen, in wen er sich verliebt!»

«Verliebt?» Sie guckt mich verwirrt an. «Wer hat sich denn verliebt? Cobra, ich bin schwanger!» Zum Beweis knallt sie ein Ultraschallbild neben meine Espressotasse auf den Tisch.

Wenn das hier eine schlechte amerikanische Fernsehserie wäre, dann klänge meine Stimme jetzt drei Oktaven höher und ich würde «OH MY GOD» durch das Café quieken. Stattdessen werde ich einfach nur bleich und stammele «Ach du Scheiße».

«Kannste laut sagen. Und der Vater ist übrigens unser gemeinsamer Bekannter.»

Einen kurzen, einen ganz kurzen Moment hatte ich ja noch gehofft, dass sie das nicht sagen würde.

«Wann willst du es Pekka sagen?», presse ich immer noch geschockt hervor.

«Wem? Wer ist denn Pekka? Der schwule Finne aus der *Python Bar*? Was hat der denn damit zu tun?»

«Aber … ich dachte, er wäre … weil du doch Dienstagnacht mit ihm …»

«Ach, papperlapapp, Pekka. Das ist doch gerade mal fünf Tage her, wie soll das denn bitte gehen? Ich bin in der zehnten Woche. Nee, Benno! Das Kind ist von Benno!»

Mir fällt ein Stein vom Herzen. Sie ist schwanger vom Horst, hurra! Bunny und Benno!

«Er weiß es auch schon. Ich hab's ihm vorgestern erzählt. Und gestern waren wir zusammen beim Arzt, ich hatte vorher nur so einen Test aus der Apotheke gemacht. Nun weiß ich es ganz sicher. Und es gibt sogar schon ein erstes Foto fürs Album.» Sie deutet auf das Ultraschallbild.

«Wie hat Benno denn reagiert?»

«Er hat sich gefreut. Ja, echt! Von Anfang an. Er will dieses Kind unbedingt haben.»

«Und du? Was willst du denn?»

«Zuerst wusste ich das auch nicht. Eigentlich dachte ich sofort an Abtreibung. Ich war total durcheinander, bin ich ja auch jetzt noch. Aber nachdem ich dann gestern beim Arzt auf dem Monitor das erste Mal meine kleine Ameise da gesehen habe, da war plötzlich alles klar.» Ihre Stimme ist ganz zitterig geworden. «Cobra, ich kann dieses Kind gar nicht wieder aufgeben. Das ist meins, verstehst du, das ist Leben in mir.» Sie strahlt plötzlich über das ganze Gesicht.

«Aber ich habe keine Ahnung, ob ich das hinkriegen werde. Ich, Mutter! Kannst du dir das vorstellen?» Jetzt heult sie wieder.

«Nee, kann ich, ehrlich gesagt, nicht. Aber ich glaube trotzdem, dass ihr das schafft. Wie findest du denn, dass Benno der Vater ist?»

«Ach, super. Zum einen, weil er so toll reagiert hat, zum anderen, weil wir uns sowieso in letzter Zeit ziemlich gut verstanden haben. Wir haben uns sogar regelmäßig getroffen, lockere Fick-Beziehung kann man das vielleicht nennen. Ich glaube zwar nicht, dass wir beide jetzt plötzlich monogam werden und einen auf spießige Kleinfamilie machen oder so, aber wir wollen uns auf jeden Fall zusammen um die Ameise kümmern. Guck doch mal, ist sie nicht wunderschön?» Sie streichelt mit dem Zeigefinger über das Ultraschallbild. Schön? Da ist wohl Hormonalarm angesagt. Mich erinnert das graue Gekleckse eher an meine ersten Abzüge in der Foto-AG damals in der Schule, als ich noch nicht kapiert hatte, wie das mit den Belichtungszeiten funktioniert. Ich gönne Bunny ja ihre Schwangerschaftseuphorie, nur will ich bitte nicht in Gespräche über Dammschnitte, Stilleinlagen und andere widerliche Dinge verwickelt werden, über die ich gar nicht genauer Bescheid wissen möchte. Als meine Cousine letztes Jahr schwanger war, hat sie von nichts anderem mehr geredet.

Zeit, sich zu verabschieden. Ich raffe meine Sachen zusammen und umarme Bunny vorsichtig: «Liebes, ich muss los. Hab heute noch einen Haufen Dinge zu erledigen. Ich wünsch euch alles Gute. Das wird schon, du wirst sehen. Halt mich auf dem Laufenden, wie's dir geht, ja? Und wenn ich dir bei irgendwas helfen kann, sag einfach Bescheid.»

«Ja, danke. Kannst ja schon mal anfangen, Söckchen zu häkeln.» Ich schaue Bunny entgeistert an. Sie grinst.

Ziemlich erleichtert mache ich mich auf den Weg zurück nach Hause. Bunny ist nicht in Pekka verliebt und ich komme somit nicht in Erklärungsnöte. Wenn Tims dunkle Andeutungen sich nach unserem Treffen jetzt gleich auch als so harmlos erweisen, dann wird dieser Tag vielleicht doch noch ganz gut.

Zwei Stunden später weiß ich, was Tim mir sagen wollte. Aber ich habe keine Ahnung, ob ich diese Neuigkeit gut oder schlecht finden soll.

Wir sitzen in der WG-Küche und trinken Tee. Es fühlt sich seltsam an, Tim so wiederzusehen. Ohne Anschreien, ohne Streit, ohne Tränen – es ist das erste Mal seit unserer Trennung, dass wir einigermaßen normal miteinander reden. Wobei *normal* vielleicht übertrieben wäre, so weit sind wir noch nicht. Wir gehen sehr vorsichtig miteinander um, als hätte einer von uns beiden eine tödliche Krankheit, über die man nicht reden will, die aber trotzdem immer präsent ist.

«Nett hast du's hier», sagt er und schaut sich in der Küche um. «Richtig klassisches WG-Leben, ja?»

«Hm, ja, kann man so sagen. Es ist ein bisschen dreckig gerade, ich muss nachher noch putzen», entschuldige ich mich.

«Und deine Mitbewohner, wie sind die so?»

«Ach, nett. Wir verstehen uns ganz gut.»

Seltsam, dass wir uns gegenübersitzen und uns nicht mehr berühren dürfen. Schon unsere Begrüßung fiel etwas krampfig aus, keiner wusste, wohin mit den Händen und ob und wie wir uns umarmen sollten. Wir sind noch nicht sehr vertraut mit diesem «Ex-Beziehung und vielleicht irgendwann Freunde»-Modus. Wir müssen nach Worten suchen, damit es nicht so still wird, in den Momenten, in denen wir uns früher küssten.

«Bleibst du jetzt eigentlich in der Wohnung? Oder suchst du dir was anderes?», frage ich nach einer Gesprächspause.

«Nein, ich werde ausziehen. Und, ehrlich gesagt, schon in drei Tagen.»

«Ach, so bald schon? Da hast du ja schnell was gefunden. Auch in Eimsbüttel?»

«Nein. Deshalb wollte ich ja auch mit dir reden.» Tims Blick wird sehr ernst. «Ich gehe nach Mexiko. Für ein Jahr. Am Donnerstag ist mein Flug.»

«Oh.» Mehr fällt mir nicht ein.

«Ich weiß es selbst erst seit vorgestern. In einem Entwicklungshilfeprojekt, das die Organisation betreut, für die ich letzten Sommer in Spanien die drei Wochen gearbeitet habe, ist überraschend eine Stelle frei geworden. Sie haben mich gefragt, ob ich da mitarbeiten will. Und ich hab zugesagt.» Er macht eine Pause. «Das ist eine Riesenchance für mich. Und ich brauche auch irgendwie einen Neuanfang. Hier erinnert mich viel zu viel an uns.»

«Hm. Kann ich verstehen. Du wirst mir trotzdem ziemlich fehlen», sage ich leise und schiebe mit den Fingerspitzen ein paar auf der Tischplatte herumliegende Zuckerkörner zu einem kleinen Berg zusammen.

«Für mich ist das auch nicht leicht, Cobra. Aber so kommen wir ja beide nicht weiter.» Er sieht mich an. «Die Wohnung hab ich erst mal an einen Kommilitonen zwischenvermietet. Wenn du noch Sachen abholen willst, kannst du das jederzeit tun, er weiß Bescheid.»

«Okay.» Wir schweigen beide, irgendwie ist alles gesagt.

«Ich geh dann mal besser. Gibt noch einen Haufen Dinge

zu organisieren. Ich mail dir, sobald ich angekommen bin, ja? Ich … ich wünsch dir alles Gute.»

Wir stehen beide auf und umarmen uns stumm.

«Ich dir auch. Pass auf dich auf, da in Mexiko, ja?»

«Mach ich.» Tim dreht sich um und geht.

Verwirrt bleibe ich in der Küche sitzen und widme mich weiter meinem Zuckerkörner-Berg. Ich weiß nicht, wie viel Zeit vergeht, bis Claas reinkommt.

«Ey, Cobra, was geht'n? Alles klar bei dir?», fragt er.

«Mein Exfreund geht nach Mexiko. Für ein Jahr», sage ich tonlos.

«Abgefahren. Tijuana und so?»

«Nee, irgendwo anders hin. Weit weg, jedenfalls.»

«Du findest das nicht so geil, hm? Irgendwie strahlst du gerade ziemlich negative Vibes ab. Magst du was mitrauchen? Ich wollte eh gerade einen bauen.»

«Danke, aber das wäre jetzt sicher keine gute Idee. Ist Pekka eigentlich da?»

«Jo, der ist in seinem Zimmer und quält sein Akkordeon.»

Ich verlasse den Küchentisch und klopfe an Pekkas Tür.

«Herein!» Das Akkordeon verstummt.

«Hey, darf ich kurz reinkommen? Ich kann gerade nicht gut alleine sein.»

«Cobra, klar, jederzeit. Was ist denn?»

Ich werfe mich auf sein Bett. «Tim hat mir gerade gesagt, dass er für ein Jahr nach Mexiko geht.»

«Oha. Und wie findest du das?»

«Hm, je länger ich darüber nachdenke, desto weniger schlimm ist es eigentlich. Bis eben war es ein ziemlicher Schock, dass er plötzlich wirklich gar nicht mehr da sein wird, noch weiter weg, als er das sowieso schon ist. Aber

irgendwie ist das vielleicht auch gar nicht so schlecht, um wirklich einen Schlussstrich ziehen zu können.» Ich bin selbst überrascht, dass ich das so cool ausspreche. «Findest du es schlimm, dass ich so denke? Immerhin habe ich bis vor vier Wochen noch Rotz und Wasser geheult, weil meine
 große Liebe vorbei ist.»

«Nee, das ist doch super. Du findest dich eben mit einer Situation ab, die du so oder so nicht ändern kannst, Cobra. Das ist nicht schlimm, das ist einfach nur gesund und vernünftig.»

Irgendwie hatte ich damit gerechnet, dass mich Tims Eröffnung mehr aus der Bahn werfen würde. Dass ich wieder in das tiefe Loch zurückfallen würde, in dem ich kurz nach der Trennung war. Stattdessen ist es eher ein leicht ziehendes Gefühl der Wehmut. Fast schon eine schmerzlich-schöne Erinnerung an bessere Zeiten.

«Darf ich noch ein bisschen bei dir rumhängen und dir beim Akkordeonspielen zuhören? Finnischer Tango passt gerade ganz zu meiner aktuellen Stimmung.»

«Musik, die weinen und lächeln zugleich macht», sinniert Pekka. «Bleib gerne hier. Wollen wir heute Abend zusammen Wodka trinken? Ich hab frei.»

«Ach, warum eigentlich nicht. Aber jetzt spiel bitte weiter.»

Pekka nickt und greift nach dem Akkordeon. Ich versinke zwischen den Kissen seines Bettes und den Tönen einer melancholischen Moll-Melodie.

Eine schrille Dissonanz reißt mich aus meinem Tangotraumland. Die Türklingel.

«Cobra, Besuch für dich!», ruft Laura.

Nanu, wer ist das denn jetzt? Widerwillig erhebe ich

mich aus Pekkas Kissen und öffne die Tür. Im Flur steht ein strahlender Simon mit einem Strauß Tulpen in der Hand.

«Tadaa! Du wolltest mich sehen, da bin ich!» Er kommt einen Schritt auf mich zu und küsst mich. «Du hast mir ganz schön gefehlt die letzten Tage.» Dann streckt er mir die Tulpen entgegen. «Für dich.»

«Hallo, Simon», stammele ich völlig überrumpelt. «Danke. Ich, äh, geh mal eine Vase suchen.»

Simon tapst hinter mir her in die Küche. «Hast du deine Hausarbeit denn fertig gekriegt? Dann können wir uns ja endlich wieder öfter sehen!»

«Äh, nein, ich muss die Fragestellung nochmal umformulieren, das ging so nicht. Und wegen des öfters Sehens» – ich hole tief Luft –, «da muss ich sowieso einmal mit dir reden.»

Er schaut mich fragend an.

«Setz dich doch erst mal. Simon, ich glaube, wir beide gehen an diese Sache mit unterschiedlichen Erwartungshaltungen heran.»

Seine Augen werden groß. «Wie meinst du das jetzt?»

«Ich meine, dass wir vielleicht irgendwie nicht dasselbe wollen. Ich mag dich sehr, du bist ein toller Mensch, wir hatten auch superguten – egal, ich bin einfach nicht in dich verliebt.» Puh, jetzt ist es raus. Kaum habe ich diesen Satz ausgesprochen, geht es mir schon viel besser. Endlich kann ich Simon ehrlich in die Augen sehen.

«Ach, das macht doch nichts!», ruft Simon.

«Das macht doch nichts?», frage ich ungläubig nach.

«Nee, gar nicht. Ich bin so sehr in dich verliebt, das reicht für uns beide.»

Bitte? Ich glaube, ich höre nicht richtig. Was ist denn das für eine Logik?

«Weißt du, Cobra, wenn ich jetzt beleidigt und verletzt reagieren würde, dann hätte ich doch gar nichts davon. Dann würde ich dich wahrscheinlich nie wiedersehen, und zwar nur wegen meines gekränkten Egos. Führt also zu nichts, außer, dass es mir schlecht geht. So aber akzeptiere ich einfach, dass du dich nicht in mich verliebt hast, und kann dich trotzdem weiter treffen. Und vielleicht denkst du ja irgendwann mal anders, das kann man ja nie wissen.» Er strahlt mich weiterhin an.

Ein mulmiges Gefühl breitet sich in meinem Magen aus. Diese Einstellung kann doch nicht gesund sein. Hat der Typ denn noch nie was von Selbstachtung und Würde gehört?

«Ja, aber ist das nicht irgendwie demütigend für dich, mich weiter zu treffen, obwohl du weißt, dass ich nicht in dich verliebt bin?»

«Na ja, toll ist das natürlich nicht, aber immer noch besser, als dich gar nicht zu sehen. Und wenn du dich doch noch in mich verliebst, sagst du Bescheid.»

Ich habe keine Ahnung, wie ich mit dieser Situation umgehen soll. Ich hatte damit gerechnet, dass er empört aufspringen, mich als herzlose Schlampe beschimpfen und in alle Ewigkeit verfluchen würde. Wie das Männer eben so machen, wenn sie abgewiesen werden. Damit wäre ich klargekommen. Stattdessen sitzt hier offenbar die Reinkarnation von Jesus und Gandhi in Personalunion vor mir und übt sich in zen-buddhistischer Gelassenheitslehre.

«Ich wollte dich übrigens auch noch fragen, ob du Lust hast, nächste Woche mit meinen Eltern, meiner Schwester und mir in unser Ferienhaus auf Rügen zu fahren», fährt er seelenruhig fort. «Meine Familie möchte dich nämlich auch endlich einmal kennen lernen. Wir bleiben drei Wochen. Ich fände es sehr schön, wenn du mitkommen würdest.»

Ein Psychopath! Simon ist ein Psychopath! Und Psychopathen soll man ja bekanntlich nicht widersprechen, besonders nicht, wenn von ihrem Küchenstuhl in Griffweite entfernt ein Messerblock steht. Was mache ich denn nun bloß? Ob ich Pekka rufen soll?

Bevor ich mich dazu entscheiden kann, klingelt es an der Tür. Schon wieder? Wer kann das sein? Egal. Hauptsache, ich komme aus dieser Küche raus. Ich eile in den Flur.

«Wer ist … Ach du liebe Güte!» Ich zucke zusammen. Vor der Wohnungstür stehen – meine Eltern!

«Cornelia, Kind! Schön, dich zu sehen!» Meine Mutter breitet weit die Arme aus, mein Vater steht daneben und nickt einen stummen Gruß.

«Mama … Papa … Was … Was macht ihr denn hier?», stammele ich mit schreckgeweiteten Augen.

«Aber Kind, du wusstest doch, dass wir kommen! Es steht doch schon seit Monaten fest, dass wir in Hamburg einen Zwischenstopp auf dem Weg in den Dänemarkurlaub machen! Ich hab dich letzte Woche auch ein paarmal angerufen, aber du gehst ja nicht an dein Handy. Na ja, jetzt sind wir jedenfalls hier, Tim war so lieb, uns deine neue Adresse zu sagen. Freust du dich denn gar nicht? Wir haben uns doch so lange nicht mehr gesehen!» Meine Mutter ist wohl ein wenig enttäuscht wegen meines unherzlichen Empfangs.

«Doch, doch! Toll, euch wiederzusehen. Äh, kommt doch rein.» Ein Gutes hat dieser überraschende Besuch ja, Psycho-Simon wird es sicherlich nicht wagen, vor den Augen meiner Eltern deren einziges Kind umzubringen. Oder doch?

Meine Mutter findet zielstrebig den Weg in die Küche. Mist, ich hätte sie ja lieber gleich in mein Zimmer gelotst. Jetzt muss ich hinterher.

«Ach, wen haben wir denn hier. Guten Tag, junger Mann, wohnen Sie auch hier?»

«Ach ja, Mama, das ist Simon. Er wohnt nicht hier. Simon, meine Mutter.»

«Guten Tag, Frau Brandt. Ich freue mich sehr, dass ich

Sie endlich kennen lernen darf.» Er steht auf und schüttelt meiner Mutter die Hand.

«Oh, angenehm.» Mit gutem Benehmen kann man meine Mutter leicht um den Finger wickeln. Entzückt lächelnd dreht sie sich zu mir um. «Cornelia, ist das dein neuer Freund?»

«Nein, ist er nicht», antworte ich.

«Ja, bin ich», sagt Simon zeitgleich.

Meine Mutter blickt verwirrt zwischen uns beiden hin und her. «Was denn nun? Seid ihr euch noch nicht ganz einig?»

«Doch, doch, Mama, alles geklärt. Aber wie geht es dir denn überhaupt? Erzähl doch mal. Nach Dänemark geht's wieder? Simon wollte sowieso gerade gehen, nicht wahr? Diese Familiengeschichten sind ja für Außenstehende auch gar nicht interessant. Mach's gut, Simon, bis bald!» Die Anwesenheit meiner Mutter macht mich mutig. Energisch schiebe ich ihn aus der Tür. Er ist so überrumpelt, dass er sich nicht wehrt. Aber offenbar ist nun selbst für den schafsgeduldigen Simon die Grenze überschritten. Er holt doch noch zum finalen Racheschlag aus.

«Cobra, das kann doch nicht nur Sex für dich gewesen sein! Ich habe doch auch Gefühle! Hast du nur mit mir geschlafen, weil du so betrunken warst? So wie mit all den anderen Männern?», ruft er so laut, dass es nicht nur meine Eltern und Mitbewohner, sondern wahrscheinlich auch noch sämtliche Nachbarn mitbekommen. Ich sehe nur noch ein verbittertes Starren, dann fällt die Wohnungstür vor ihm ins Schloss.

Super. Wie erkläre ich das jetzt meinen Eltern?

«Cornelia, was meinte der Junge eben mit ‹all den Männern, mit denen du betrunken› … na ja, du weißt schon. Seit wann trinkst du überhaupt? Du hast doch früher nie getrunken!» Meine Mutter setzt ihren besorgtesten Gesichtsausdruck auf, den, den sie bereithält, wenn sie «O Gott, meine Tochter in der Großstadt rutscht ab in Drogen und Prostitution» denkt. Meine Mutter denkt das schnell, sie sieht zu oft die falschen Nachrichten im Fernsehen.

«Ach, das war doch nur ein Scherz, Mama! Haha!» Zur Bekräftigung lache ich einmal kurz laut auf. «Der Simon, das ist ein richtiger Witzbold! Wir machen ständig solche Scherze. Ist doch komisch, oder nicht? Als ob ich so etwas machen würde, Mama, du kennst mich doch!»

«Also, ich finde so etwas ganz und gar nicht witzig, Kind.» Sie seufzt. «Aber du hattest ja schon immer einen etwas eigenwilligen Humor.»

Ich merke, dass sie mir die Geschichte mit dem Witz nicht ganz abnimmt, sich aber aus Angst vor der vielleicht dahinter steckenden Wahrheit auch nicht traut, weiter nachzufragen. Sie wechselt das Thema.

«So, hier wohnst du jetzt also», stellt sie fest und lässt ihren Blick durch die Küche schweifen. Mist. Und ich habe immer noch nicht geputzt. Ich merke förmlich, an welchen Punkten ihr Blick irritiert hängen bleibt – der Dreck auf dem Fußboden, der Topf mit den eingetrockneten Schinkennudeln auf dem Herd, das sich stapelnde Geschirr in der Spüle, unsere stattliche Hausbar auf dem Eckregal und die leeren Wodkaflaschen daneben auf dem Boden, die uralte Scheibe Toast, die Claas aus irgendwelchen Gründen mal an die

Wand genagelt hat, das Foto von der letzten WG-Party, auf dem ein Mädchen mit rosa Haaren mit einer Frau und einem Typen gleichzeitig knutscht. Alles Dinge, die ich bei einem *angekündigten* Elternbesuch natürlich vorher entfernt hätte.

«Ähem, ich wollte eigentlich heute Abend noch putzen

und abspülen. Ich hab's noch nicht geschafft, ich hab gerade so viel für die Uni zu tun», versuche ich eine Rechtfertigung.

«Ach ja, die Magisterarbeit, Kind. Das ist ja auch gerade alles ein bisschen viel für dich. Kriegst du denn auch genug Schlaf? Und Vitamine? Du hast früher immer schon zu wenig Obst und Gemüse gegessen.»

«Ach, Obst, wer braucht schon Obst. Obst und Gemüse werden total überbewertet. Das ist auch nicht immer gesund. Don Vito Corleone wurde in ‹Der Pate›, Teil eins, fast getötet, als er eine Tüte Orangen kaufte! Und endgültig gestorben ist er dann ja an einem Herzanfall mitten im Tomaten-Garten! Mit einem Stück Orange im Mund!» Manchmal überkommt mich in Gegenwart meiner Eltern noch immer das pubertäre Gefühl, rein aus Prinzip widersprechen zu müssen.

«Diese gewalttätigen Mafia-Filme schaust du dir also auch immer noch an. Dein Nonno hat nicht immer nur guten Einfluss auf dich gehabt. Na ja. Soll ich hier in der Küche nicht schnell mal durchwischen? Oder die Fenster putzen? Mach ich gerne, Kind, das ist doch schnell erledigt, und dann habt ihr's ein bisschen schöner.»

«Mama, bitte! Ich krieg das schon hin. Außerdem seid ihr zu Besuch, da sollst du ganz bestimmt nicht putzen. Papa, du sagst ja gar nichts. Wie findest du denn meine neue Wohnung?»

«Na ja, *du* musst hier ja wohnen.» Viel mehr wird er heute wahrscheinlich auch nicht mehr sagen.

«Ey, Cobra, was geht'n?» Claas betritt die Küche. «Krass, volles Haus hier. Moin, ich bin Claas.» Wenigstens gibt er brav die Hand – die eine, die er frei hat, in der anderen hält er nämlich den obligatorischen Joint.

«Guten Tag, ich bin Cornelias Mutter.» Sie schüttelt ihm die Hand. Mein Vater nickt einen stummen Gruß.

«Sie wohnen auch hier?», versucht meine Mutter Claas in ein Gespräch zu verwickeln. Mist, hätte jetzt nicht Laura in die Küche kommen können? Typisch, wenn man einmal spießige Mitbewohner braucht, sind sie nicht da.

«Jo, ich wohn dahinten», nuschelt Claas und nimmt einen tiefen Zug von der Tüte in seiner Hand.

«Claas studiert Jura, Mama. Und muss jetzt wahrscheinlich auch ganz schnell wieder an seine Bücher, zum Lernen. Nicht wahr, Claas?» Durch eindringliche Blicke versuche ich meinem Mitbewohner zu signalisieren, dass er und seine Sportzigarette sich mal besser wieder in sein Zimmer verziehen sollten. Bevor meine – im Erkennen von Marihuana-Düften hoffentlich ungeübten – Eltern schon wieder denken, ihre Tochter sei in einer Drogenkommune gelandet.

«Och nö, ich mach gerade Pause. Ich wollte ma 'n bisschen Toast essen. Gibt's noch Toast?»

O nein, bitte keine Toast-Orgie. Wenn Claas nicht geht, dann müssen eben meine Eltern aus der Küche raus.

«Wollen wir vielleicht mal in mein Zimmer gehen? Das habt ihr ja noch gar nicht gesehen.»

«Ja, gehen wir mal rüber. Aber vorher muss ich noch schnell ins Bad. Wo ist das denn?»

«Nächste links. Äh, es gibt leider keinen Schlüssel, du musst das ‹Besetzt›-Schild, das an der Tür hängt, umdrehen.»

Während meine Mutter etwas verunsichert Richtung

Bad entschwindet, gehe ich mit meinem Vater in mein Zimmer.

«Das sind also meine vier Wände. Aber wollen wir nicht vielleicht besser was essen gehen? Wann müsst ihr denn eigentlich wieder los?»

«Allzu lange wollten wir nicht bleiben.»

«Dann lass uns doch schnell zu dem Thailänder zwei Straßen weiter gehen. Mama, was meinst du dazu?»

Meine Mutter hat den Aufenthalt im Badezimmer offenbar ohne weitere Katastrophen überstanden, jedenfalls sieht sie einigermaßen entspannt aus, als sie wiederkommt.

«Ja, das ist doch eine gute Idee.» Sie ist sicher auch ein bisschen froh, dass sie aus der Wohnung rauskommt.

Wir wollen gerade losgehen, als es schon wieder klingelt. Was ist denn heute hier los? Wenn das so weitergeht, müssen wir uns einen Türsteher anschaffen. Seufzend strecke ich die Hand nach der Klinke aus. Hoffentlich ist das nicht nochmal Simon.

«Ciaaaaaaaaaaao!» Ich sehe weit ausgestreckte Arme, ein strahlend weißes Lächeln und ein Paar dunkelbraune Augen, die mir verdammt bekannt vorkommen. «Bellissima, endlich habe ich dich gefunden!»

Matteo. Vor der Tür steht Matteo. M-A-T-T-E-O. Signor «Sex im Fiat auf dem Parkplatz». Matteo aus Florenz. Ich fasse es nicht. Was macht der denn hier?!

«Was machst du denn hier?», frage ich ihn auf Italienisch.

«Ich wollte dir eine kleine Überraschung bereiten, Bellezza. Weißt du, ich konnte dich einfach nicht aus meinem Kopf bekommen. Den ganzen Tag habe ich in Firenze an dich gedacht, immer, seit deiner Abreise.» Er steht mir gegenüber und schaut mich verzückt an. «Weißt du eigentlich, wie schön du bist, Principessa? Ich habe noch nie eine Frau gesehen, die so schön ist wie du. Weißt du noch, wie wir damals Liebe gemacht haben, in dieser Nacht, in der ich in dir und deinem Körper die Tür zum Paradies gefunden habe!»

Ach du liebe Güte. Kann der mal bitte auf dem Teppich bleiben? Meine Eltern stehen schließlich hinter mir. Zum
Glück versteht meine Mutter nur ein bisschen Volkshochschul-Italienisch, mein Vater ist der Halbitaliener in der Familie. Und damit wahrscheinlich der unemotionalste Mensch der Welt, der jemals auf den Namen Pier-Paolo getauft wurde. Leider hat meine dominante Mutter damals bei der Hochzeit durchgesetzt, dass er ihren Nachnamen annimmt, sonst würde ich heute Prezzemolo statt Brandt heißen.

«Cornelia, wer ist das denn jetzt schon wieder?», mischt sich meine Mutter von hinten ein.

«Ein Freund, Mama», versuche ich sie eilig abzuwürgen. Ich habe jetzt keine Zeit für lange Erläuterungen, erst muss mir Matteo verraten, was um alles in der Welt er hier will.

«Ah, sind das deine Eltern? Jetzt sehe ich endlich auch einmal deinen Vater, den Dieb, der die Sterne vom Himmel gestohlen und sie dir in die Augen gelegt hat.»

O nein, jetzt kommt er mir wieder mit Italiener-Gesülze. In lauen toskanischen Sommernächten scheine ich dafür ja anfällig gewesen zu sein, aber hier, im Hausflur meiner Hamburger Schanzen-WG, so ganz ohne Vasco-Rossi-Schnulzen im Hintergrund, finde ich das einfach nur noch entsetzlich albern.

«Paolo, was sagt er denn?», fragt meine neugierige Mutter und zupft meinen Vater nervös am Ärmel.

«Er sagt, ich hätte was gestohlen. Für Cornelia», erklärt mein Vater, ohne eine Miene zu verziehen.

«Bitte?! Was will der denn? Schutzgeld? Cornelia, woher kennst du denn solche Leute?»

«Mama, kannst du jetzt bitte mal *kurz* still sein? Danke.»

Ich wende mich wieder Matteo zu. «Was machst du denn in Hamburg?»

«Ich wollte dich überraschen, Amore! Ich hatte Sehnsucht nach dir! Ich habe auch versucht, dich anzurufen, aber du bist ja nicht an dein Telefonino gegangen. Und da dachte ich, ich komme einfach so vorbei. Freust du dich denn gar nicht?»

Warum, warum müssen sich eigentlich nur klammernde Vollidioten in mich verlieben – oder sich zumindest einbilden, dass sie es täten? Erst Simon, jetzt das. Ist das die Rache? Will sich irgendein höheres Wesen an mir rächen, weil ich nur unverbindlichen Sex und nichts mit Gefühlen gesucht habe? Weil ich Tim betrogen habe? Weil ich ein durch und durch schlechter Mensch bin? Ich kapiere es nicht.

Wie mache ich Matteo denn jetzt klar, dass er die 1200 Kilometer nach Hamburg umsonst gekommen ist? Was denkt der eigentlich? Dass man als Urlaubsflirt das Recht hat, plötzlich unangemeldet vor der Tür zu stehen? Geht doch nicht. Das widerspricht allen Regeln. Und dem gesunden Menschenverstand sowieso. Liest der keine Teenie-Bücher? *Er* ist doch der windige Italiener, der jede Woche eine andere naive Touristin aufreißt und ihr das Blaue vom Himmel verspricht. Sein Part ist es, sich danach nie wieder zu melden; meiner, ein bisschen zu trauern und die Sache im Nachhinein nostalgisch zu verklären. Und nicht umgekehrt!! Kann der sich denn nicht ans Drehbuch halten?!

«Matteo, das geht so nicht!»

«Aber warum denn nicht?»

«Weil … weil …» Jetzt fällt mir auch nichts ein. Nichts,

was er verstehen würde, jedenfalls. Italienische Männer akzeptieren ja kaum eine Ausrede, warum man nichts mit ihnen anfangen möchte. Die sind da echt hartnäckig. Außer …

Ich höre Pekka das Treppenhaus hochkommen. «Cobra, ich hab schon mal den Wodka gekauft … Oh, was ist denn hier los?»

«Ah, Amore, da bist du ja endlich!», rufe ich laut und werfe mich ihm an den Hals. «Matteo, es tut mir Leid, aber das ist mein fester Freund. Ich bin verlobt.» Mehrere Jahre Sommerurlaub und diverse Sprachferien haben bewiesen, dass das immer noch die einzige Sache ist, die einen nervigen, baggernden Italiener vertreibt.

«Du bist verlobt?», fragt Matteo entsetzt auf Italienisch, meine Mutter auf Deutsch. Die Vokabel ist dann wohl doch noch beim Volkshochschulkurs hängen geblieben. Pekka guckt erst ein bisschen verloren, spielt das Spiel aber geistesgegenwärtig mit. «Ja, wir sind verlobt. Toll, oder?», sagt er und legt den Arm um mich.

«Geht ja zu wie im Taubenschlag hier», grummelt mein Vater vor sich hin.

«Cornelia, das musst du uns jetzt aber bitte schon ein bisschen genauer erklären», sagt meine Mutter streng und schaut misstrauisch erst auf den tätowierten Arm, der auf meiner Schulter liegt, und dann auf den dazugehörigen Pekka.

Ich kann langsam nicht mehr. Ich will einfach nur noch weg. Ich mag nicht mehr dauernd Leuten etwas erklären, zuhören, verständnisvoll sein, mein Seelenleben ausbreiten. Ich möchte bitte einfach nur noch meine Ruhe haben, mit Pekka Wodka trinken, mich entspannen. Weit weg von liebestollen Italienern, hysterischen Eltern, psychopathischen

One-Night-Stands, schwangeren Freundinnen und abreisenden Exfreunden. Dieser Tag ist einfach zu viel für mich.

«Ich werde euch das erklären. Keine Sorgen. Nach unseren Flitterwochen. Wir wollten nämlich eigentlich heute Abend noch aufbrechen, nicht wahr, Pekka?» Flehend schaue ich ihn an.

«Äh, ja, ich hab den Bully schon, äh, voll getankt. Wir können gleich starten», sagt Pekka etwas unsicher.

«Wunderbar, danke, Amore», strahle ich ihn an. «Mama, Papa, war schön, dass ihr da wart. Ich wünsche euch viel Spaß in Dänemark, schreibt doch mal 'ne Karte.» Ich drücke meiner verdutzten Mutter zwei Küsse auf die Wange und schüttele meinem Vater die Hand.

«Matteo, wie gesagt, es tut mir Leid, aber du siehst ja, ich bin fest gebunden. Du kannst gerne ein paar Tage in meinem Zimmer wohnen, ich bin ja jetzt eh erst mal nicht da, dann hast du die Reise nicht umsonst gemacht. Hamburg ist eine tolle Stadt, die Mädchen sind locker drauf, amüsier dich doch einfach ein bisschen. Meine Mitbewohnerin Laura spricht auch Italienisch, die hilft dir sicher gerne weiter. Alles Gute.»

Matteo ist mindestens ebenso vor den Kopf gestoßen wie meine Mutter und bekommt auch ein Küsschen rechts, eins links. Dann nehme ich Pekka an die Hand, ziehe ihn hinter mir her die Treppe runter raus aufs Schulterblatt und atme erst einmal tief durch. «Uff.»

«Konsequent abgefertigt, würde ich sagen. Kompliment», grinst Pekka.

«Danke fürs Mitspielen. Du warst meine Rettung.»

«Gerne. Und, wo geht's jetzt hin in die Flitterwochen, mein Herz?»

«Ach, das war vielleicht ein bisschen doof als Ausrede,

aber mir ist nichts anderes eingefallen. Ich dachte, ich fahre erst einmal ein paar Tage zu meinen Großeltern nach Friesland. Ich muss mal raus aus Hamburg, ich brauche Abstand.»

«Oh, schade, ich dachte, du nimmst mich wirklich mit und wir machen Urlaub. Würde mir auch gerade ganz gut tun. Ich könnte mir freinehmen, jetzt im Sommer ist in der Bar eh nicht viel los, das kann Javier auch mal alleine wuppen.»

«Im Ernst?»

«Klar im Ernst. Ich bin Finne, ich mache keine Witze. Von mir aus können wir sofort los. Ich habe zwar außer einer Flasche Wodka nichts an Gepäck dabei, aber daran soll es nicht scheitern.»

«Super!», jubele ich. «Ich müsste im Bully sogar noch ein paar Klamotten und eine Zahnbürste liegen haben, von der letzten Tour. Da rein», ich deute auf unser Haus, «gehe ich ganz bestimmt nicht mehr.»

«Na dann: Hey ho, let's go. Wo fahren wir hin?»

Ich überlege. «Ich will ans Meer. Aber nicht bloß an die Nordsee. Ich will richtiges Meer. Richtig weit weg.»

«Italien?», schlägt Pekka vor.

«Um Himmels willen, von Italien habe ich erst mal die Schnauze voll. Lass uns doch … ja, genau, wir fahren nach Frankreich, an den Atlantik.»

«Très bien, Mademoiselle. Wo hast du geparkt?»

202 Nach drei Stunden Fahrt sind wir kurz vor Hannover, und der Bully macht seltsame Geräusche. Sehr seltsame Geräusche, die selbst das *International Pony*-Tape im Kinderkassettenrecorder nicht mehr übertönen kann. Normalerweise kenne ich alle Macken und Wehwehchen meines Busses, aber dieses *Sprutzsprutzsprutz* hat er vorher noch nie gemacht. Es wird immer lauter und ich werde immer nervöser.

«Pekka, hörst du das auch?»

«Meinst du das *Sprutzsprutzsprutz*? Ja. Ist das normal?»

«Ich fürchte nicht. Ich fahr lieber mal von der Autobahn runter.» Ich setze den Blinker und nehme die nächste Abfahrt.

«Was machen wir denn nun? Ich bezweifle, dass wir so noch bis zum Atlantik kommen. Ich will dem Bully nicht zu viel zumuten, manchmal reicht es schon wieder, wenn er ein bisschen stehen und sich erholen kann. Wollen wir umdrehen?»

«Zurück nach Hamburg?» Pekka macht ein sehr enttäuschtes Gesicht. «Menno, ich hatte mich schon so auf das Meer gefreut. Außerdem, wo willst du denn hin? In deinem Zimmer wohnt doch nun dein Italian Stallion. Magst du dem wirklich wieder Gesellschaft leisten?»

«Nee, darauf kann ich gerne verzichten. Wahrscheinlich ist Psycho-Simon in der Zwischenzeit wieder vorbeigekommen, und die beiden schmieden an einem fiesen Racheplan. Wenn ich wiederkomme, habe ich garantiert einen Pferdekopf im Bett, wie der Hollywood-Produzent Jack Woltz in

‹Der Pate›, Teil eins. Matteo ist ja blöderweise auch noch gebürtiger Sizilianer. Ich hoffe sehr, dass die Abfuhr keine weitreichenderen Konsequenzen für mich hat. Und für dich natürlich auch nicht.» Ich werfe ihm einen drohenden Blick zu.

«Na super, meine Braut ist 'ne Mafialette.» Er verdreht demonstrativ die Augen. «Kriege ich dann auch so einen komischen Spitznamen, wenn ich in die Familie aufgenommen werde? Pekka ‹The Snake› Järvinen?»

«‹The Snake› hab ich doch natürlich schon. Für dich müssen wir uns was anderes ausdenken.»

«Da!», schreit er plötzlich auf und zeigt aus dem Fenster. «Da, das Meer! Fahr nach rechts!»

«Spinnst du jetzt? Wir sind auf einer Landstraße irgendwo im tiefsten Niedersachsen, wo soll denn hier das Meer sein?»

«Das stand auf dem Schild eben», beharrt er. «Da stand: Steinhuder Meer, 12 Kilometer.»

Ich muss lachen. «Das Steinhuder Meer ist eine große flache Pfütze. Willst du da wirklich hin?»

«Besser als umkehren, oder nicht? Wir können ja so tun, als wäre es der Atlantik.»

«Also gut.» Ich wende und biege in die ausgeschilderte Straße. Steinhude statt Biarritz. Na ja, man muss zufrieden sein mit dem, was man kriegt. Ich hätte sowieso nicht gewusst, wie wir die horrenden französischen Autobahngebühren hätten bezahlen sollen.

Wir finden einen ziemlich idyllischen Parkplatz direkt am Seeufer. Mittlerweile ist es dunkel geworden, und wenn man die Augen ein bisschen zukneift, kann man sich wirklich einbilden, man wäre am Meer – an einem sehr, sehr windstillen Tag oder so.

«Ich finde es toll hier.» Pekka hat die Campingstühle hinten aus dem Bully rausgeholt und sie davor aufgebaut. Zufrieden lässt er sich zurückplumpsen. «Ah», seufzt er zufrieden. «Da kommt doch gleich Urlaubsstimmung auf. Soll ich die Wodkaflasche öffnen?»

«Ja, mach mal. Ich muss allerdings das Licht im Bus ausschalten, das macht die Batterie nicht mehr lange mit. Aber ich hab irgendwo noch ein paar Teelichter rumfliegen.» Nach ein bisschen Wühlen finde ich sie tatsächlich und zünde sie an. «Richtig romantisch. Dann ist auch noch Vollmond! Leider habe ich keine passendere Musik mitgenommen», bedauere ich. Aus den Boxen des Kinderkassettenrecorders hämmert immer noch der Bass von *International Pony*.

«Damit kann ich dienen.» Pekka zaubert eine Kassette aus seiner Hosentasche. «Voilà. Finnischer Tango, gesungen von Olavi Virta, dem großartigsten aller Tangosänger überhaupt. Romantischer geht's nicht mehr. Saanko luvan?» Er verbeugt sich vor mir.

«Bitte was?»

«Darf ich bitten, heißt das. Schenkst du mir diesen Tanz, schöne Cobra?»

«Aber gerne. Lass uns tanzen. Wie heißt das auf Finnisch?»

«Tule tanssimaan», flüstert er mir ins Ohr und greift nach meiner Hand.

Wir stampfen gemeinsam im finnischen Tangoschritt zur Musik. Dann kommt das nächste Lied und Pekka beginnt zu lächeln.

«Das ist mein absoluter Lieblingstango.» Er singt leise mit. «Hopeinen kuu luo, merelle siltaa, ei tulla koskaan voisi kai tällaista iltaa. Odotan turhaan, sinua armain, kuu kulkee pilven taakse taas on meri harmain …»

Irgendwie kommt mir diese Melodie bekannt vor. Richtig! Dieses Lied hat mir mein Nonno immer vorgesungen, wenn er mich ins Bett gebracht hat. Allerdings auf Italienisch und nicht auf Finnisch.

Vorsichtig stimme ich mit ein: «Guarda che luna, guarda che mare, da questa notte senza te dovrò restare folle
d'amore, vorrei morire mentre la luna di lassù mi sta a guardare …»

«Du kennst das?» Pekka sieht mich überrascht an. «Ich wusste gar nicht, dass es das auch auf Italienisch gibt. Wie geht denn der italienische Text auf Deutsch?»

«Hm, das heißt ungefähr: Sieh, was für ein Mond, sieh, was für ein Meer, seit dieser Nacht ohne dich werde ich verrückt vor Liebe bleiben, ich möchte sterben, während der Mond mich von oben ansieht …»

«Dann ist es das gleiche Lied … Das ist doch schön, oder?»

Wir tanzen weiter fest umschlungen und summen leise mit. Irgendwann beginnt Pekkas Hand zu wandern, sie fährt erst langsam über meinen Rücken, dann durch meine Haare, streicht sanft mit den Fingerspitzen durch mein Gesicht, über meine Wangen, meine Nase, meine Lippen. Wir sind inzwischen beide stehen geblieben, ich schließe die Augen und lasse es geschehen. Dann hält er inne und ich mache die Augen auf, und da ist sein Gesicht ganz nah vor meinem, und er schaut mich an, fast ein wenig verwundert, und dann schließt er die Augen, lächelt kurz, und dann, dann küsst er mich endlich.

Der Kuss fühlt sich an wie eine Explosion in Zeitlupe, wie eine Wunderkerze, in Slow Motion gefilmt, Funken sprühen zwischen uns, ganz langsam, und alles ist süß und weich und gut und richtig, und wir schweben dabei mindestens einen halben Meter über dem Boden. Ich weiß nicht, wie lange dieser Moment dauert, vielleicht sind Stunden vergangen oder schon Tage; als ich die Augen wieder aufmache, gibt es jedenfalls immer noch Mondlicht und Kerzenschein, und Pekka steht ganz nah vor mir und grinst über das ganze Gesicht.

«Weißt du, dass mir tatsächlich eben erst klar geworden ist, dass ich das schon tun wollte, seitdem ich dich das erste Mal gesehen habe?» Er vergräbt seinen Kopf an meinem Hals. «Warum hab ich das nicht schon viel früher gemerkt?», flüstert er und küsst mich wieder.

«Das würde ich auch gerne wissen», flüstere ich zurück, nachdem sich unsere Lippen wieder getrennt haben. «Wir waren wohl beide ein bisschen blind, was?»

«Dann sollten wir jetzt vielleicht möglichst schnell nachholen, was uns die ganze Zeit entgangen ist.»

Später liegen wir Arm in Arm nebeneinander im Bully und können nicht aufhören zu grinsen.

«Wenn das so weitergeht, kriege ich gleich einen Krampf im Gesicht», sage ich und streiche mir über meine Wange.

«Selbst das würde dir noch gut stehen, Schönheit», säuselt Pekka.

«Du alter Schleimer. Fang bloß nicht an, hier einen auf Italiener zu machen, ja? Sonst bin ich ganz schnell wieder geflüchtet.» Ich gebe ihm einen kleinen Klaps.

«Autsch, ist ja schon gut, nicht hauen.» Er lacht. «Weißt du, eigentlich bin ich ja auch schwul. Das mit dir war ein einmaliger Ausrutscher.»

«Ach, das trifft sich gut. Ich bin ja sowieso noch nicht so weit, um mich wieder fest binden zu können. Ich wollte eh nur Sex, verstehst du?»

Wir kichern beide los.

«Nee, mal im Ernst, was ist denn das, was hier gerade zwischen uns passiert?» Pekka malt nachdenklich mit dem Finger eine Linie auf meinen nackten Oberschenkel.

«Ich habe keine Ahnung, ehrlich gesagt. Ich weiß nur, dass es sich gerade nach mehr und vor allem sehr richtig anfühlt.»

«Ja, finde ich auch. Ich würde es gerne ausprobieren. Bist du dabei?» Er schaut ein bisschen unsicher.

«Ich bin dabei», sage ich.

«Aber eins müssen wir vorher noch klären: Wer sagt es Laura?» Ich mache ein todernstes Gesicht.

«Ach du liebe Güte, die ‹Kein Sex mit Mitbewohnern›-Regel! Da duldet sie keine Ausnahmen. Tja, einer von uns beiden muss wohl ausziehen. Aber keine Angst: Ich helf dir auch beim Kistenpacken.»

«Darüber reden wir noch, mein Lieber. Gleich morgen. Heute gibt es noch Wichtigeres für mich zu tun.»

Mit einem gezielten Schlag zerquetsche ich die Mücke, die gerade beginnen will, sich an seinem Bauch festzusaugen. Dann küsse ich ihn.

«Capisci?»